作家榜®经典名著

读经典名著，认准作家榜

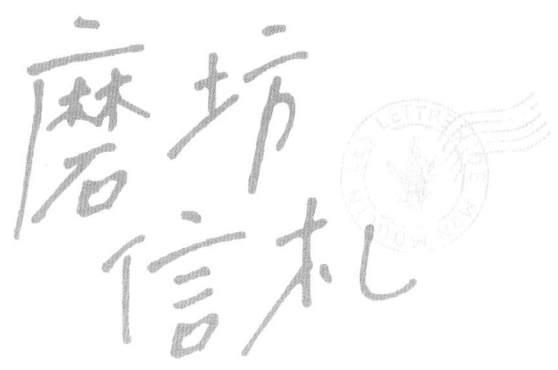

磨坊信札

lettres de mon moulin

[法]阿尔封斯·都德 著
何敬业 译

版本信息

Lettres de mon moulin,
Alphonse Daudet

Edité par Nelson Editeurs,
Paris, 1934

CONTENTS

01 卷首语

001 安家
我现在就是在这里给您写信的,大门洞开,户外阳光灿烂。

009 博凯尔的公共马车
磨坊像一只巨大的蝴蝶俯瞰着绿色的山岗。

019 科尔尼耶老板的秘密
我们最后一座磨坊的风车翼子停止了旋转,这一回,永远不转了……

033 塞甘先生的山羊
塞甘先生养山羊从来没得到过幸福。

047 满天星斗
如果您曾在满天繁星下过夜,您就会知道在我们入睡时刻,有一个神秘的世界在孤独和寂静中苏醒过来。

059 阿尔勒姑娘
啊!我告诉您,他这个人呀,他实在太伤心了……

071 教皇的骡子
教皇的骡子天真无邪,不止一次给人带来好运。

089 桑吉内尔岛上的灯塔
呵!我在我的岛上度过了多少似睡似醒、物我两忘的美好时光啊!……

101 "塞米扬特号"轮船的临终时刻
时隔十年,回忆起那不幸船只的灵魂,其残片一直萦绕在我的脑海……

115 海关职员
一声长叹,仅此而已!……

125 居居尼昂的本堂神甫
他的善良像面包,真诚如金子,慈父般地爱着居居尼昂人。

139 老人
还有一股香柠檬的幽香从打开的大衣橱和大叠大叠的发黄衣服中散发出来……这真太迷人了。

155 散文叙事诗
在以雾凇挂成流苏的大片松林和像一束束盛开的水晶花的薰衣草丛中间,我写下这两篇略带日耳曼幻想的叙事诗。

171 比克修的公文包
"为艺术!为文学!为新闻出版!干杯!"

183 金脑人的传说
在世上,有一些可怜的人命中注定以他们的脑力为生……

193 诗人米斯特拉尔
在普罗旺斯濒临灭绝的状态下,他发掘自己的母语并用于写诗……

209 三台小弥撒
在做完弥撒之后,我们会有多么美味的圣诞夜餐啊!

227 橘子
所有沾上雾凇的橘子有一种柔和的光泽,像黄金包着一层透明的白纱闪出的光芒。

237 两家客栈
相反的是,对面那家客栈悄无声息,好像已经荒弃。

249 在米里亚纳
这一次,我带你们到离我的磨坊有两三百法里远的一个阿尔及利亚的美丽小城去过一天……

269 蝗虫
在热浪滚滚的天空中,我只见从地平线那边飞来一块紫铜色的厚厚云彩……

279 受人尊敬的戈谢神甫的"神酒"
要是您知道这神酒的来历多么有趣就好了!还是听我说吧……

299 在卡马尔格
越过了耕地,我们处身于卡马尔格的荒野之中。

319 怀念营房
啊!巴黎!……巴黎!……永远难以忘怀的巴黎!

328 都德年表

335 译后记

卷首语

  当着庞佩丽古斯特公证事务所公证员奥诺拉·格拉帕齐尊面，办理此事。

  亲自到场者：

  加斯帕尔·米蒂菲奥先生，维韦特·科尔尼耶之夫，西加利埃尔村农庄财产管理人并居住该处者

  以本文件受法律和事实保证，并无任何债务、特权和抵押权状况下出售并转至——

  到场承受人，定居于巴黎的诗人阿尔封斯·都德先生名下：

  一座风力谷物磨坊。该磨坊坐落在普罗旺斯地区中心，位于罗讷河谷一片满目青松和绿色橡树的山坡上。此磨坊

已被废弃二十余年，野葡萄藤、苔藓、迷迭香和另一些一直攀援到风车翼顶上的寄生野草已说明它无法研磨。

尽管大磨盘已经破碎，平台的砖上长出了野草，都德先生仍然对该磨坊可以用来作诗填词表示中意；因此愿承担一切风险后果而买下，并且不会以可能进行的修缮工作为由，对卖主提出任何求助。

本次买卖当场以双方接受的价格通盘成交。诗人都德先生交付现金放于办公桌上，然后由米蒂菲奥先生清点收取。上述一切皆当公证员与下列签字证人之面进行，其收据不作保证。

本契约签于庞佩丽古斯特的奥诺拉事务所内。出席者短笛手弗朗塞·玛玛伊和白衣苦修道院执十字架者、人称基克的路易塞在宣读后与签约双方及公证员一起签字……

那些野兔可惊呆极了！……

安家
Installation

我现在就是在这里给您写信的，大门洞开，户外阳光灿烂。

那些野兔可惊讶极了!……很久很久了,它们总看到磨坊的门是紧闭的,所有的墙壁和平台上野草蔓生。它们终于相信磨坊主这类人已经断子绝孙;而且觉得这地方很好,于是就把此地变成了有点像战略大本营的总司令部:这磨坊是野兔的热马普镇[1]……我到的那一夜,不是胡吹,确实有二十来只兔子在平台上围坐成一圈,正在月光下擦爪子取暖呢……老虎窗刚开一半,哧溜!这露营部队就一哄而散,所有这些小白屁股翘起尾巴钻进了树丛。我多么希望它们会重新回来。

还有一个家伙看到我时也觉得非常惊讶,那就是住在二楼的房客,一只长着思想家脑袋似的阴险的老猫头鹰。它

---

[1] 热马普镇(Jemmapes),比利时地名,1792年11月6日法军在此大败奥地利军队。

在磨坊里已经住了二十多年。我是在楼上的卧室里发现它的,它一动不动地直立在布满泥灰残瓦的传动主轴上。它用圆眼瞪了我一会儿,还是认不出我是谁,然后开始惊慌失措地发出"呜!呜!"的声音,同时艰难地抖动蒙着尘土的灰翅膀——这些该死的思想家!从来也不把自己刷刷干净……也没什么大不了的!就让它这样,双眼眨个不停,阴沉着脸。比起别人来,这个不爱吭声的房客更让我喜欢。我赶忙与它续订租约。它同以往一样保留磨坊的全部上层和屋顶的入口;我则为自己留下底下的房间。这是一个小房间,刷着白石灰,穹顶低矮,像修道院的食斋。

我现在就是在这里给您写信的,大门洞开,户外阳光灿烂。

我面前是一片美丽的松树林,它在阳光下璀璨闪烁,直向山坡下伸展。地平线上,阿尔比勒山清晰地显示出清秀的山脊……万籁俱静……相隔很久才能勉强听见一声短笛、薰衣草中鹨低吟、路上的骡铃……这所有的普罗旺斯美景只因有了阳光才存在着。

那就是住在三楼的房客，
一只长着感恩树脑袋似的脑壳的老猫头鹰。

而现在，您怎么还要我惋惜您那喧闹和黑暗不堪的巴黎呢？我在自己的磨坊里多么惬意！这是我刻意寻找的舒适角落，一个香气四溢而温暖的角落，远离报纸、出租马车和浓雾千里之遥！……我身边四周有多少美好的事物！我安居在此刚刚八天，但我的脑子里已经充满了各种印象和回忆……啊！就在昨天晚上，我在山坡下观看了这场"畜群归栏"。我向您发誓，我决不会把这样的场景去换您本星期在巴黎看过的那些首演剧，还是宁愿让您去评论吧。

应当告诉您，在普罗旺斯，天气一热起来，按惯例就把畜群赶到阿尔卑斯山区去放牧。牲口和牧人要在山上过五到六个月，在齐腰高的草地里风餐露宿；然后待到秋凉乍起，人们重新返回农舍，让羊舒适地去吃弥漫着迷迭香气味的灰色小山上的青草……昨天傍晚，畜群就是因为这个原因回来的。从早晨起，两扇院门大开着，畜栏里铺满新鲜的麦秸，等待人畜归来。人们不时相告："现在，他们在埃吉埃尔，现在到了巴拉杜。"然后，傍晚时，突然响起一声高叫："他们来了！"我们看见在那远处的漫天尘云中畜群向前行进。好像整条道路都在跟着牲口移动……走在头里的是老公羊，角朝前，一副粗野的样子；随后是一大队绵羊，母羊显得有点累，它们的小羊崽夹在腿中间磕磕碰碰；披着红绒球的母骡驮着装有刚生下一天的小天使般的羊宝宝的篮子，一边走一边摇。接着是几条全身大汗淋漓的狗，长舌头拖到地上，还有一对身材高大的牧羊人，他们身披橙红色卡迪斯粗斜纹呢斗篷，像教士们的无袖长袍垂到脚后跟。

这所说的一切都在我们面前欢快地列队而过，踩踏出一片暴雨般的噪声涌进了栏门……应该好好见识一下家里的动人情景。有罗纱般羽冠、绿金相间的几只孔雀从自己的栖架上认出了来者，于是发出小号般的清脆叫声迎接它们。已经睡下的家禽突然惊醒。鸽子、鸭、火鸡、灰珠鸡全都站了起来。全部家禽都疯狂了；母鸡整夜咕咕叫个不停！……真可以说每只透着阿尔卑斯山山野芬芳的绵羊都用羊毛带回了一点山中令人陶醉和令人手舞足蹈的活跃气息。

畜群就在这样的气氛中抵达了自己的住所。没有任何东西比这样的安居更令人着迷的了。老公羊为重见自己用过的料槽而感动，那些在旅途中出生从未见过农场的小羊羔惊奇地东张西望。

但是最为动人的还是勇敢的牧羊犬，它们在农舍里仍然跟在羊群后面，只看着羊。看家犬白费心机地在窝里招呼它们；井边盛满凉水的水桶也枉然地自作多情：牧羊犬们在畜群归栏，用大插销插上小栏门之前什么都不愿意看到和听见。只有当牧羊人在低矮的餐厅里就座以后，它们才肯回到自己的狗窝里。在那里，它们一边舔着自己的汤盆，一边向留守农场的同类伙伴讲述自己在山上的经历。那个黑幽幽的地方既有狼，也有沾满露水的又大又紫的毛地黄呢。

博凯尔的公共马车

La diligence de Beaucaire

磨坊像一只巨大的蝴蝶俯瞰着绿色的山岗。

那正是我到这儿的一天。我乘了一辆去博凯尔小镇的公共马车。这辆老式样的简便马车挺不错的,它回家要走的路并不多,但一路优哉游哉,为的是到晚上看起来似乎走了长路才抵达的。不算马车夫,我们共有五人坐在马车顶层上。

第一个是来自卡马尔格地区的看守。这个矮小的男人很壮实,浑身浓毛,一双充血的大眼睛,耳朵上戴着银耳环,让人觉着兽性十足。另两个是博凯尔人,一个面包师傅和他的揉面工人,他俩的脸全红红的,气喘吁吁;不过侧影很帅,像罗马奖章上的维泰利乌斯[1]头像那样富态。最后一个坐在前面车夫身旁的男人……啊,不!只是一顶鸭舌帽,

---

[1] 维泰利乌斯(Aulus Vitellius Germanicus,公元 15 — 69),罗马帝国的暴君。在位仅不到一年,因贪吃而著称,体型肥胖。

一顶兔皮做的大鸭舌帽,他很少出声,只愁眉苦脸地看着道路。

所有这些人互相都认识,他们信口开河地高声说着自己的事情。卡马尔格人说他从尼姆市来。由于他戳了一个牧羊人一叉子,被预审法官传唤去了。在卡马尔格地区,人们的性子都很急躁……而在博凯尔镇又怎么样!难道我们这两个博凯尔人不会为了圣母而互相残杀?面包师傅似乎来自一个长久以来已经信奉圣母玛利亚的教区,普罗旺斯人把这怀抱着小耶稣的圣母尊称为"仁慈的母亲"。相反,揉面工人参加一个信奉无玷始胎圣母的新教堂的唱诗班。这个美丽的面带微笑的形象双臂悬垂,手掌光芒四射。争吵就是从这里引起来的。真该见识下这两个虔诚的天主教徒是怎样对待对方和他们的圣母玛利亚的:

"你的无玷始胎可俏得很呢!"

"带着你的仁慈娘娘滚开!"

"在巴勒斯坦,你的那位见过不少不明不白的事!"

"你那个,呸!丑死了!谁知道她做没做过……倒不如你去问圣约瑟吧。"

只差看见亮刀子了,让人真以为是在好斗的那不勒斯港口呢。确实,我完全相信要不是马车夫出来干涉,这场神学较量是会以动刀子结束的。

"别再抬出你们的圣母玛利亚了,让我们大家安静些吧。"

马车夫笑着对两个博凯尔人道,"这全是女人的胡编乱造,男子汉大丈夫不该在这种事上纠缠不清。"

接着,他以略带怀疑宗教教条的神气甩了一鞭子,大家都同意了他的意见。

这场争论结束了。但面包师傅兴致正浓,还需要消耗他剩下的激情,于是转过身来朝缩在一旁闷声不响、愁眉苦脸的倒霉的"大鸭舌帽"说话,口气挺挖苦:"你那老婆呢?你说说看,磨刀匠……她勾着哪一个堂区?"

应该相信这句话里有很滑稽可笑的用意,因为整个顶层上的人全都禁不住大笑起来……磨刀匠他不笑。他一副没有听见的样子。一见这种架势,面包师傅朝我转过身来:

"先生,您不认识他的老婆吧?一个怪家伙,嘿!在博凯尔镇找不出第二个了。"

笑声更响亮了。磨刀匠没动身子,他只是埋着头,低声说道:

"闭嘴,做面包的。"

可是,这该死的面包师傅不想闭嘴,他更加起劲地说下去:

"活宝一个!有这样风骚老婆的老兄不值得同情……和她在一起没一刻会感到烦闷……您这么想吧!一个美人儿隔半年就会让人拐走一次,当她回来时,总有什么事可以对您说说……不管怎样,这对小夫妻挺古怪的……请您想想,先生,他们结婚还不到一年,叭!老婆就跟一个卖巧克力的溜到西班牙去了。

"老公孤零零地在家不是哭就是喝酒……他都疯了。过了一阵,这美人儿倒回家乡来了,穿得像个西班牙女郎,还带着一只小铃鼓呢。我们大家都对她说:'你快躲起来,他要把你杀掉的。'

"啊,好哟,杀掉她?……他们又太太平平地凑到一块儿去了。她还教他玩巴斯克鼓呢。"

又是一阵哈哈大笑。磨刀匠缩在自己的角落里,没有抬头,只又嘟哝了一句:"闭嘴,做面包的。"

面包师傅并不理会,接着说道:

"先生,您可能以为那美女从西班牙回来后总该太太平平了吧……啊!还是不……她的老公对这件事态度很好!这又让老婆想重新再来一次……在西班牙人之后是个军官,接着是个罗讷河上的船员,接着是个乐师,接着又是个……我怎么知道得全?妙的是每一次都是同样的滑稽戏。老婆一跑老公就哭,女人一回来男人又没事了。总是有人把她从老公身边拐走,又总是老公把她再带回来……您该相信这个当丈夫的真有耐心!不过也应当说这个磨刀匠的小媳妇真的漂亮得要命……整个一只小红雀:鲜灵活跳、娇娇滴滴、身材匀称;除此之外,皮肤雪白,一双望着男人时总是笑眯眯的浅栗色眼睛……我可不是瞎说!巴黎老哥,如果有一天您再经过博凯尔……"

"噢！闭嘴，做面包的，我求求你……"可怜的磨刀匠用令人心碎的声音再说了一次。

就在这时，公共马车停下了。这里是昂格洛尔农庄。两个博凯尔人在这里下了车，我向您发誓我不会去留他们……面包师傅太促狭了！他已经进了农庄的院子，但我们还听得见他的笑声。

这帮人走了，车顶层似乎变得空荡荡的。卡马尔格人在阿尔勒镇下了车。车夫下车带着两匹马在路上走……车上只有磨刀匠和我两个人缩在各自的角落里一声不吭。天气很热，车顶的皮遮篷烤得发烫。我觉得自己的眼睛不时地闭了起来，脑袋发沉，但却无法入睡。我耳朵里总回响着这句话："闭嘴，我求求你。"那样令人心碎，那样无力……他也一样，这可怜的男人！他也睡不着。我从背后看到他粗壮的双肩在哆嗦；一只手，一只老人一般没有血色和笨拙的手在长凳背上颤抖。他正在哭……

"您到家啦，巴黎人！"车夫突然朝我大叫一声。他用鞭梢为我指出我那绿色的小山，磨坊像一只巨大的蝴蝶俯瞰着绿色的山岗。

我急忙下了车。经过磨刀匠身边时，我试着朝他的鸭舌帽下面看去！我本打算在分手前看看他的模样。磨刀匠好像已经明白了我的心思，他突然昂起头，盯住我的脸，用嘶哑的声音说道:"请您好好看看我,朋友。如果这些天里您听到在博凯尔地方出了一桩惨祸,您肯定可以说您认得那个出手的人。"

这是一张木讷而忧郁的脸,一双小眼睛黯然无光。双眼里含着泪水,话语里含着仇恨。仇恨是弱者的愤怒!……如果我是磨刀匠的女人,我也许小心为妙……

科尔尼耶老板的秘密

Le secret de Maître Cornille

我们最后一座悬崖的风车翼子停止了旋转，这一间，永远不转了……

吹短笛的老人弗朗塞·玛玛伊常常晚上来我这里闲聊。一天晚上，他一面蒸馏葡萄酒，一面对我说起二十年前发生在村子里的一场小悲剧，而我的这座磨坊就是一个见证人。这个好老头的故事让我很感动，因此我要试着把我听到的原原本本再讲给你们听听。

亲爱的读者，请你们设想一个这种场面：你们正坐在一大杯香气扑鼻的葡萄酒前，并且是一位老短笛手对你们说着话：

我的好先生，我们这地方过去完全不像今天这样死气沉沉和冷冷清清的。从前，这里的磨粉生意做得很大，方圆几十里之内的庄稼汉都把他们的麦子送到我们这里来磨……村子四周的小山上布满风磨。左左右右，人们只见风车翼子随着从松树上方吹来的密斯脱拉风[1]旋转，驮着口袋的小毛驴行列沿着各条道路上下运送。整个星期都能高兴地听见山上的甩鞭子声、帆布翼子的噼啪声和磨坊帮工们"驾，吁！"的吆喝声……每个星期天，我们都成群结队地到磨坊去。在山冈上，磨坊主们拿出麝香葡萄酒犒劳大家。磨坊老板娘们个个漂亮得像王后，扎着花边头巾，佩戴着金十字架。我么，带去短笛。大家跳法兰多拉舞，一直跳到深夜。您看到了，这些磨坊为本地带来了欢乐和财富。

倒霉的是那些巴黎的法国人打主意要在通往塔拉斯孔市的道路上建立一座蒸汽机面粉厂。新的总是好的！人们养成了把麦子送到面粉厂去的习惯，于是可怜的风力磨坊就无事可做了。有一段时间，它们试着抗争一下，但是蒸汽机力量最强，这些磨坊只得接二连三地关门大吉了，真可怜哪……再也见不到小毛驴上山来了……漂亮的磨坊老板娘们卖掉了她们的金十字架……再也没有麝香葡萄酒啦！再也不跳法兰多拉舞了！……密斯脱拉风再刮也没用，磨坊的风车翼子一动不动……然后有一天，市镇政府把这些破房子推倒，在这些地基上种植葡萄和油橄榄树。

不过，在纷纷倒闭的浪潮当中有一座磨坊顶住了。就在

---

1 密斯脱拉风（mistral），法国南方及地中海上干寒而强烈的西北风或北风。

面粉厂主的眼皮底下,这磨坊的风车仍在小山上顽强地转动着。这是科尔尼耶老板的磨坊,就是现在我们正在这里聊大天的地方。

科尔尼耶师傅是个老磨坊主,他在面粉堆里活了六十年,特别迷恋自己的行当。那些面粉厂的建立把他变得像个疯子。整个星期只见他在村子里奔走,把大家叫到自己身边,声嘶力竭地喊道:有人要用面粉厂磨出的面粉毒害普罗旺斯。他说:"别到那里去,这些强盗用魔鬼发明的蒸汽做面包;而我干活靠的是密斯脱拉风和特拉蒙塔纳风,这是仁慈上帝的呼吸……"他找出许许多多这样的好话来夸奖风力磨坊,但是没有人肯听他的。

于是,狂怒不已的老头把自己关闭在磨坊里,像一头不合群的野兽一样独自一人生活。他甚至不愿意把只有十五岁的孙女维韦特带在身边。这孩子,父母过世后在世上只剩下她的爷爷了。可怜的小女孩不得不自己挣钱过日子。她在各个农庄里当雇工,收割、养蚕或者摘油橄榄,样样都干。可是,爷爷的样子又好像很爱这个小女孩。他常常顶着大太阳跑几里路到孙女干活的农庄去看望。他一连几小时待在孙女身边,一边抹眼泪,一边望着她……

地方上的人认为老磨坊主是由于吝啬才赶走维韦特的。但是让孙女从一个农庄流落到另一个农庄,遭受别人的粗暴对待，年纪轻轻就面对千辛万苦，这些都使他脸上无光。同样，一个被尊称为科尔尼耶老板、一直自尊自重的人，现在像一个波希米亚流浪汉，赤着脚，戴一顶千疮百孔的破帽，衣衫褴褛，在街上游荡，大家也觉得太不像话……每当我们看到他星期天去教堂做弥撒，我们这些老年人也替他觉得难为情。科尔尼耶自己也完全感觉到了这一点，所以他再也不敢坐在堂区财产管理委员席上。他总是与穷人一起缩在教堂深处的圣水缸边。

在科尔尼耶老板的生活里有些事情搞不太明白。村子里很久以来没有人再给他送麦子去了，可是他磨坊的风车翼子仍旧像从前一样总在转着……傍晚，人们在路上会碰到老磨坊主，他赶着身前那头背驮大面粉口袋的驴子。

农民们对他叫道："晚上如意，科尔尼耶老板！磨粉生意一直不错？"

老头一副高高兴兴的样子回答："一直不错，孩子们。我们不缺活干。"

如果有人问他这么多的活能从什么鬼地方弄到，他就把一根手指挡在嘴唇边，一本正经地回答："别嚷嚷！我为出口加工……"

谁也不能再从他嘴里掏出点别的什么来。

至于进他磨坊一步，那你想也别想。连小维韦特也没有进去过……

当人们经过磨坊前面时，总是看见大门紧闭，巨大的风车翼子不停地转动，一头老驴啃着平台上的草皮，一只瘦得皮包骨的大猫在窗台上晒太阳，恶狠狠地盯着你们。

这一切都让人感到神秘兮兮，使得人们议论纷纷。每个人都按自己的想法去解释科尔尼耶老板的秘密，而最普遍的议论就是在这磨坊里装钞票的口袋要比装面粉的多。

但是日子一长，一切都真相大白了。事情原来是这样的：

当我用短笛为小青年们伴奏跳舞时，有一天我发觉我家男孩中的老大同小维韦特好上了。打心底里说我并不生气，因为不管怎么说科尔尼耶这姓氏在我们这里是挺体面的，再说我很高兴看见维韦特这只漂亮的小麻雀在我们家转来转去。只是我们这对恋人在一起的机会很多，我担心他们会出事，就想及早把事情解决了，于是我径直上山到磨坊那儿想跟做爷爷的扯上两句……啊！这个老巫师！瞧瞧他是怎样接待我的！根本没法子让他给我开门。我通过锁孔勉强费力地解释着自己的理由。在我说话的时候，那只混蛋瘦猫就像魔鬼一样在我的头上喘着粗气。

老头不让我把话说完，恶声恶气地高喊着要我滚回去吹笛子。又说，如果我急着要给儿子讨老婆，完全可以去面粉厂找小姑娘……您可以想到听见这些恶言恶语，我都快气疯了；但我仍旧有足够的理智克制自己。我让这个老疯子留在他的磨坊里，回去对孩子们讲了自己的失望……这对可怜的小羊羔实在无法相信这样的结果，他们求我行行好，让他俩一起上磨坊去同爷爷谈谈……我实在没有勇气拒绝，我的这对宝贝恋人就一溜烟地走了。

他们刚刚跑到山上，科尔尼耶老板正巧先一步出门去了。大门上了两重锁，但这老小子出门时把梯子留在了户外。孩子们立刻动了从窗子里钻进去的念头，看看这宝贝磨坊里到底有什么……

事情奇怪极了！有磨盘的那间屋子是空荡荡的……没有一只口袋，没有一粒麦子，连四面墙壁和蜘蛛网上都没有一星半点面粉……甚至闻不到充满磨坊的麦粒磨碎后散发出的热烘烘的香味……动力轴上盖满灰尘，瘦得皮包骨的大猫正在上面睡觉。

下面的房间也有同样凄惨和荒废的景象：一张破床，几件破烂衣衫，楼梯板上搁着一小块面包，还有，在一个角落里推着三四只破口袋，从里面漏出一些石灰渣和白土。

这就是科尔尼耶老板的秘密！为了挽救磨坊的荣誉，为了让人相信磨坊还在磨粉，他每天傍晚在路上运来运去的就是这些灰泥渣……可怜的磨坊啊！可怜的科尔尼耶啊！很长时间以来那些面粉厂就从磨坊和科尔尼耶手中夺走了他们最后的生计。风车翼子不停地转动，但磨盘上却是空的。

两个孩子泪流满面地回来对我说了他们见到的情况。听了他们的话，我的心都碎了……我一分钟也没有耽误，立刻走到邻居们的家里把事情三言两语地告诉了他们。我们一致认为应该马上把家里的麦子全部送到科尔尼耶老板的磨坊去……说干就干。全村的人都上路了，我们赶着一大队驮着麦子的驴子来到山上——这些麦子可全是真的！

磨坊大门洞开……科尔尼耶老板坐在门前的一包灰泥渣上哭着，双手抱着脑袋。他刚才回来的时候已经发觉有人在他外出的时候钻进了他家，而且无意中发现了他心酸的秘密。

"我多窝囊啊！"他说，"现在，我只有去死……磨坊的名誉给败坏了。"

他哭得撕心裂肺，用所有的名称叫唤他的磨坊，好像向一个真人一样向磨坊诉说着。

这时候驴子的队伍已经到了平台，我们大家像在以前磨坊主的好时光一样开始大喊大叫起来：

"哎！磨粉咪！嗨！科尔尼耶老板！"

口袋立刻堆在门前，黄澄澄的好麦子洒落在地，四处都是……

科尔尼耶老板瞪大了眼睛。他抓些麦子放进自己苍老的手掌里，同时又笑又哭地说：

"这是麦子呀！……天主！……都是些上等麦子！……让我好好看看。"

然后他朝我们转过身说：

风车翼子不停地转动，但磨盘上却是空的。

"啊！我早就知道你们会回到我这里来的……所有这些面粉厂老板都是盗贼。"

我们想把他高举起来凯旋似的抬回村里去。

"不要，不要，我的孩子们，我首先应当去给我的磨坊喂食……你们也应该想到的呀！它已经那么久没有打牙祭了！"

我们眼里饱含热泪，看着这个可怜的老头左左右右奔来跑去，又捅口袋又照看磨子，而此时麦粒被碾碎了，精细的小麦粉尘直飞到天花板上。

该为我们说句公道话，从这一天起，我们从不让老磨坊主停工。然后，终于有天早上，科尔尼耶老板死了，我们最后一座磨坊的风车翼子停止了旋转，这一回，永远不转了……科尔尼耶死后，再也没人去接他的班。我有什么办法呢，先生！……这世上一切都会有个结束，而且应当相信，风力磨坊的时代就如同罗讷河上的马拉驳船、大革命前的最高法院和大花图案的男礼服一样一去不复返了。

塞甘先生的山羊
——致巴黎的抒情诗人皮埃尔·格兰古瓦尔先生

La chèvre de M. Seguin

à M. Pierre Gringoire, poète lyrique à Paris.

塞甘先生养山羊从来没有得到过幸福。

你永远都是江山易改，本性难移啊，我可怜的格兰古瓦尔[1]！

怎么回事！人家给了你一家在巴黎名气不小的报纸的专栏编辑的位置，而你却一口回绝了……瞧瞧你自己吧，倒霉的小老弟！瞧瞧这件千疮百孔的紧身短上衣，破破烂烂的短裤，还有这张饿得发慌的瘦脸。喏，这就是你迷恋优美诗韵的结果！这就是你为阿波罗陛下忠诚服务十年所得的报偿！咳，难道你没有羞愧？

你还是去当专栏编辑吧，傻瓜！你去做个专栏编辑吧！你会赚到玫瑰花纹的钱币，你会成为勃雷帮饭店的常客，而且你可以头戴插着新羽毛的无边扁平软帽在所有的首演式上露脸……

---

1 皮埃尔·格兰古瓦尔（Pierre Gringoire, 1475 — 1539），文艺复兴时期法国诗人、剧作家。雨果在长篇小说《巴黎圣母院》中，把格兰古瓦尔塑造成一名与乞丐为伍的吟游诗人。

不？你不愿意？你打算要把无拘无束的日子过到底……那么好吧，请你听一听"塞甘先生的山羊"这个故事。你会看到要自由自在地生活得到的却是什么。

塞甘先生养山羊从来没有得到过幸福。

他的羊全是这样丢失的：一天早晨，羊挣断绳子跑进山里，然后在山上被狼吃掉。不管主人多么爱护，不管对狼多么惧怕，都拦不住他的山羊。似乎这些山羊都是个性独立的，为了大自然和自由不惜一切代价。

好心的塞甘先生一点也不理解自己家畜的性格，他感到很难过。他说道：

"这下完啦，山羊都厌烦我的家，我连一只也养不住了。"

但是他并不泄气。在同样的情况下丢失了六只山羊之后，他又买了第七只。只不过这一回他存心买了一只刚生下的羊羔，好让它习惯待在他家里。

啊！格兰古瓦尔，塞甘先生的这只小山羊太漂亮了！温柔的双眼，像军官一样的神气的小胡子，一对有条纹的角，雪白的长毛像披了一件外套！这几乎就像是艾丝美拉达的那只小羊啦，你还记得吗，格兰古瓦尔？而且这只山羊又听话又温顺，一动不动地让人挤奶，从不把脚伸到喂食盆子里去。真是一只可爱的小母山羊……

塞甘先生的屋后有一片英国山楂树围绕的小园子。他把这只新收养的羊安置在这里。他将羊拴在草地最优美的一角的桩子上,精心为羊留下长长的一段绳子,而且常常来看看羊在这里过得舒不舒服。山羊觉得非常幸福,心满意足地啃着青草。塞甘先生有说不出的高兴。

"终于有一只不厌烦我家的山羊了。"这可怜的男人是这样想的。

塞甘先生错了,他的山羊厌烦啦。

一天,山羊望着大山,心里在想:

"在山上该有多么舒服呀!在树林子里跳跳蹦蹦多有趣,没有这根勒破脖子的绳索……驴子或牛在小园子里吃吃草还不错!……山羊嘛,得有广阔的天地。"

从这一刻起,山羊觉得小园子里的青草乏味极了。它开始闷闷不乐,身子慢慢消瘦下去,奶汁也稀少了。它整天拽着绳子,头转向大山,鼻孔张开,伤心地发出"咩"的叫声,看了使人于心不忍……

塞甘先生觉得他的山羊有什么地方不对劲,但不知道是什么原因……一天早晨,当他挤完奶后,山羊转过身来用羊话对他说:

"请您听好,塞甘先生,我在您家里痛苦死了,让我到大山里去吧。"

"哎哟!我的老天!……它也这样想了!"塞甘先生惊

叫起来，手中的盆子一下掉落下去，接着跌坐在山羊身边的草地上。

"怎么啦，小白宝贝，你要离开我？"

而这小白宝贝回答：

"是的，塞甘先生。"

"这儿的草不够你吃？"

"噢！不，塞甘先生。"

"也许把你拴得太短了。你要我把绳子放放长吗？"

"这没有必要，塞甘先生。"

"那么，你到底需要什么？你想怎么样？"

"我想到大山里去，塞甘先生。"

"可是，可怜的宝贝，你不知道山里有狼……狼来了你怎么办呢？……"

"我用角抵它，塞甘先生。"

"狼才不在乎你的角呐！它已经吃掉我不少像你一样带角的羊啦……你一定知道去年养在这里的老羊雷诺德吧？一只像公羊一样强壮凶狠的母山羊。它同狼斗了整整一夜……然后，到早晨还是被狼吃掉了。"

"哎呀！可怜的雷诺德！……没关系，塞甘先生，还是请放我到山里去吧。"

"神明慈悲！……"塞甘先生说，"可是，到底要我对这些山羊怎么办才好？又要让狼吃掉我的一只羊了……哎，不行，小捣蛋，不管你怎么想，我要救你的命！我怕你会挣断绳子，得把你关进羊圈里去，你就在那里一直待下去吧。"

接着，塞甘先生把山羊牵到一间漆黑的羊圈里，紧紧地锁上门。倒霉的是他忘了关窗户，等他刚一转身，小山羊就逃走了……

你在笑，格兰古瓦尔？当然啰！我想的不会错，你是站在山羊一边反对好心的塞甘先生的……我们走着瞧，你等会儿是否还笑得出来。

白山羊进了大山，引起一片欢乐。老松树从来没有见过这么美的山羊。大家把它当成小王后一样来接待。栗树把腰弯到地面，用枝条抚摸它。金色的染料木尽量散发出浓香为它开道。整座大山都热烈欢迎它。

格兰古瓦尔，你想，我们的山羊是否感到幸福！再也没有绳索，再也没有拴桩……没有任何东西妨碍它东蹦西跳和随心所欲地吃草……那儿的草长得茂盛极了，比羊角还高呢，我亲爱的！……多好的青草！味道鲜美，清香扑鼻，有锯齿状的，包括上千种植物……这同小园子里的草地完全不是一码事。还有各种各样的鲜花！……有蓝色的大风铃草花，长长花萼的紫色毛地黄，是一片溢出醉人液汁的野花海洋……

白山羊已经半醉了，它四脚朝天躺在花海里，浑身沾满落叶和栗壳顺着斜坡翻滚而下……然后猛地一下挺起来，四蹄着了地。嗬！它走了，头冲前穿过密林和灌木丛，一会儿冲上山顶，一会儿下到谷底，山上山下，到处转……简直可以说有十只塞甘先生的山羊在大山里面出没。

这是因为这只小白母山羊无所畏惧。

它一跳就越过了一条水流湍急的山涧，扬起的水沫浪花溅到它身上。于是浑身湿漉漉的山羊在一块平坦的岩石上躺下，让太阳晒干自己……一次，它牙齿里咬着一朵金雀花，走到一块高台的边缘朝下看去，发现了就在下面平原上的塞甘先生屋后有小园子的房屋。这让它笑出了眼泪。它说道："多么小呀！我从前怎么能在那里边待下去呢？"

小可怜虫！看到自己站得如此高，就自以为世界也是这样大小……

总而言之，对于塞甘先生的山羊来说这是美好的一天。将近中午时，它在东奔西跑时碰上了一群正在狼吞虎咽地吃野葡萄的岩羚羊。我们这位身穿白长裙的小小跑步运动员在同类中引起了轰动。大家把最容易吃到野葡萄的位置让给它，而且所有的大老爷们都对它大献殷勤……甚至于——格兰古瓦尔，这事只能你知我知——有一只年轻的黑毛羚羊幸运地赢得了小白母羊的芳心。这一对恋人在树林里离开大家有一两个小时之久。如果你想知道它们说了些什么悄悄话，就去向隐蔽在苔藓底下流淌的多嘴的山泉打听吧。

突然间风吹得猛了起来。大山变成了紫罗兰的颜色,黄昏到了……

"已经傍晚啦!"小山羊说了一声,十分惊讶地停了下来。

山下的田野笼罩在暮霭里。塞甘先生的小园子被浓雾淹没了,只勉强看得见飘着一缕炊烟的小房子屋顶。山羊听见畜群回栏的铃声,心里感到阵阵凄凉……一只归巢的大隼经过时翅膀擦到了山羊,它打了个哆嗦……然后山中传出几声嚎叫:"呜!呜!"

山羊想起了狼,整整一天小疯子根本没想到过狼……就在同时,山谷里远远地有一支号角在吹响。这是好心的塞甘先生在作最后的努力。

"呜!呜!"狼在嚎叫。

"回来吧!回来吧!"号角在召唤。

小白山羊有心想回去了;但是它又想起了桩子、绳索、围住园子的篱笆。它认为现在自己不能再过这样的生活,还是留下来更好。

号角声不再响了……

山羊猛听得背后有叶子的响动。它转过身来,看见暗影里有两只直竖的短耳朵,还有一双幽幽发光的眼睛……这是一只狼。

这只大狼用后屁股垫坐着,一动也不动。它一面盯着小白山羊的时候一面已经事先品味过它的滋味了……因为狼知道自己一定能够吃掉山羊,所以一点也不着急。只是当山羊转过身来时,它发出一声奸笑。

"嘿!嘿!塞甘先生家的小山羊呀。"它把血红的大舌头露在火绒般的嘴唇外。

小白山羊感到自己失败了……一刹那它回忆起老雷诺德的遭遇:它同恶狼搏斗了整整一夜,直到早晨还是被吃掉了。它觉得也许真不如立刻让狼吃掉痛快。接着,它又改变了主意,摆出防卫的架势,低下头,把角冲前,如同一只塞甘先生的勇敢的山羊……它并不存有杀死狼的希望——山羊杀不死狼——而只是想看看自己是否能够像雷诺德一样坚持得那么久……

这时,恶魔冲上前来,而一对小小的羊角也开始舞动。

啊!英勇的小山羊,它是多么无畏地进行搏斗的!我一点也不撒谎,格兰古瓦尔,它十几次逼得恶狼后退去喘口气。在这一分钟的间歇里,这个美食家还要急匆匆地去采一把喜欢吃的青草,把嘴巴塞得满满的,然后再投入战斗……这样持续了一整夜。塞甘先生的山羊不时地抬头望望晴朗夜空中闪烁的星星,心里想着:"啊!但愿我一直坚持到黎明……"

星光一个接一个熄灭了。小白山羊加倍次数用角顶;狼也加倍次数用牙咬……一道惨白的光线出现在地平线上……从一处田庄上升起一声雄鸡嘶哑的啼鸣。

"总算等到了!"只待天明就准备去死的可怜山羊说着

躺到了地上，美丽的洁白毛皮上血迹斑斑……

这时狼扑向小山羊，把它吃了。

再见啦，格兰古瓦尔！

你听到的这些可不是我瞎编的故事。如果你有一天来到普罗旺斯，我们的农庄管家一定会常常对你讲起：塞甘先生的山羊，它和狼搏斗了一整夜，然后，早晨一到，狼把羊吃了。[1]

你好好听我说，格兰古瓦尔：

然后，早晨一到，狼把羊吃了。

---

1 这里的两段文字，作者是用普罗旺斯地区的方言发音写的。

满天星斗
——一个普罗旺斯牧羊人的故事

Les étoiles
Récit d'un berger provençal

如果您曾在满天繁星下过夜,您就会知道在我们入睡时刻,有一个神秘的世界在孤独和寂静中苏醒过来。

当我在吕勃隆山上照料牲畜的时候,往往整整几个星期见不到一个活的人影。在牧场上,我孤零零的,身边只有小狗拉布里和绵羊。有时,我见到蒙德吕尔修道院的修士经过这里去采草药,或者见到一张皮埃蒙地区烧炭人的黑面孔。但是这都是些敦厚的人,因为孤独而变得寡言少语,失去了交谈的兴趣,也一点不知道下面的村里和城里在谈些什么。因此,每隔半个月,当我听到上山的路上传来给我送半月粮食的骡子的铃声,再看见从山脊上渐渐出现的小"米阿罗"(就是农场的小帮工)的机灵脑袋瓜,或是老婶婶诺拉德的红棕色女帽,我就真的很高兴。我让他们把山下的新闻,比如洗礼、婚礼什么的都讲给我听。不过,我最关心的还是斯代法奈特小姐如今变得怎么样了。她是我东家的女儿,方圆几十里内最最漂亮的人。我打听她是不是经常去参加舞会,去找人闲聊，是不是又有新的追求者常去找她。但我的神态并不显得过分关切。对于那些问我这种事与我这个山里的羊倌有什么相干的人，我就回答我已经二十岁了，而这个斯代法奈特是我一生中见过的最最漂亮的美人儿。

然而，有一个星期天我在等着半个月的给养，偏偏它又很晚才运到。上午我对自己说："这要怪今天是做大弥撒。"然后，将近中午，又是一场大暴雨，我就想因为路不好走，骡子没法子出门。最终，下午快三点钟了，天空像洗过一样，雨后的大山在阳光下闪闪发亮。我在叶子的滴水声和小溪的涨水声中听到了骡子的铃声，正像复活节教堂的排钟一齐敲响那样欢乐，那样轻快。但是赶骡子的既不是小"米阿罗"也不是老诺拉德。这是……你们猜猜是谁！……我们的小姐呀，我的孩子们！我们的小姐亲自来了，她身子笔挺坐在柳条包中间，暴雨后的山间空气和清凉使她的脸色红得像一朵玫瑰。

小帮工病了，诺拉德姊姊正在自己孩子们的家里休息。漂亮的斯代法奈特从骡背上下来的时候把这些消息告诉我，还说她来晚了是因为她迷了路。可是看见她穿着一身过节的衣服，花缎带，闪光耀彩的裙子和花边，全不像是在灌木丛中找路耽搁了，更像是舞跳多了的缘故。呵，惹人爱怜的小娇娃！我的双眼怎么也看不够她。真的，我还从来没有这么近地看过她。冬天，有几次，当羊群下山回平地去时我很晚回农庄去吃饭,她总是急匆匆穿过大厅,从不同下人们说话,提防着什么,神气有点骄傲……而现在,她就在我的面前,只为我而来,我还不神魂颠倒吗?

当斯代法奈特把食物从篮子里拿出来后,就开始好奇地朝四周张望起来。她稍微撩高一点星期天穿的漂亮裙子,以免弄脏,走进了羊栏,想看看我睡觉的那个角落,铺着麦秸和羊皮的床榻,我挂在墙上的大斗篷,我的牧羊棍,我的碎石枪。这一切都让她很开心。

"哎,我可怜的羊倌,你就住在这儿?你该闷得很吧,总是孤零零的一个人!你做点什么事?你想点什么?……"

我真想回答:"想您哪,女东家。"我又不会撒谎;可是我心慌意乱极了,找不出一句话来。我完全相信她已经看出了我的尴尬,这个淘气鬼故意用玩笑来增加我的不安:

"你的女相好呢,羊倌,她有时上山来看你吗?……她一定是只金山羊,或者是只在山顶上跑动的那个埃斯泰雷尔[1]仙女吧……"

她跟我说话时的神气才像埃斯泰雷尔仙女呢,昂着的头笑容动人,急着要走的样子使她的来访像一次仙女显圣。

"再见,羊倌。"

---

[1] 埃斯泰雷尔(Estérelle),传说中普罗旺斯地区的一座山上有一个仙女名叫埃斯泰雷尔,只在这山中出没,山因此而得名。

"再会，女东家。"

就这样，她带着空篮子走了。

当她在斜坡小路上消失时，我真觉得被骡蹄子踢翻的小石子一块接一块地落在我的心上。我很久，很久都听得见这些滚动的石子，直到太阳下山我都迷迷糊糊地一动也不敢动，怕好梦飞走了。傍晚，当谷底开始变得蓝幽幽的，羊咩咩地叫着互相集中回栏的时候，我听见斜坡上有人叫我。我看见我们的小姐出现了，却不再像刚才那样笑容满面，而是浑身湿漉漉的，直打冷战。看来是她在山下发现索尔格河因为一场暴雨而涨水了，她想不顾一切过河，但差点被淹死。最可怕的是在这黑夜时刻根本别想返回农场去；因为近便的小道我们的小姐单独一人不认识，而我又离不开畜群。要在山上过夜的念头使她十分苦恼，特别是因为她家里的人会不安。我竭力使她放心：

"在七月，夜很短的，女东家……难受的时间只有一小会儿。"

我很快生起旺火去烘干她的双脚和被索尔格河河水打湿的裙子。然后，我把羊奶和干酪端到她的面前。但可怜的小姑娘既不想烤火也不想吃东西。看到她双眼里涌出大滴泪水，我自己也真的想哭。

然而夜晚完全降临了。只在山脊上还残留着一道灰蒙蒙的阳光，那是太阳下山时的一道光气。我希望我们的小姐到羊圈里面休息。我在新鲜的麦秸上铺上一块新的漂亮羊皮,向她道了晚安,然后走到门外坐下……上帝为我作证,尽管爱情的火燃烧着我的血,但我没有一丝邪念:没有什么比这样更令人骄傲的了:在羊圈的角落里,我东家的女儿,像一只比所有其他的羊都珍贵都白的天真羊羔,信任我的守护,在那些好奇地看她睡觉的羊群边上安然休息着。我从来都没有觉得天空是那么深,星星是那么明亮……突然,羊圈的栅栏门打开了,漂亮的斯代法奈特现出身影。她睡不着。羊动来动去使麦秸窸窣作响,或者在睡梦中咩咩叫唤。她宁愿到火堆旁边来。看到这样,我把我的一块母羊皮搭到她肩上。我拨旺篝火,然后我俩挨着坐下,大家没有说话。如果您曾在满天繁星下过夜,您就会知道在我们入睡时刻,有一个神秘的世界在孤独和寂静中苏醒过来。此时清泉唱得更加清脆,池水泛出点点粼光。所有大山中的精灵无拘无束地走来走去;空气中有很难觉察到的轻微响声,就像我们可以听见树在长大,草在拔高。白天是有生命的物体在活动;但夜晚却只是东西在活动。当人们不习惯这些,就会害怕……因此一有响动,我家小姐就全身发抖,朝我身上挤过来。有一次,从山下闪着粼光的池塘中时轻时重地朝我们升起一声哀怨的长鸣。就在同时,有一颗美丽的流星从我们头上朝同一个方向滑落,好像我们刚才听见的哀怨之声带着一道光芒。

"这是什么?"斯代法奈特低声问我。

"一个灵魂进天堂了,女东家。"我说着画了一个十字。

她也画了个十字,抬起头朝天认真地想了一会儿。接着她对我说:"羊倌,这么说你们这些人真的是巫师了?"

"没有的事,我的好小姐。不过我们在这儿生活离星星比较近,所以这儿发生的事要比在平地上的人知道得清楚些。"

她双手托着脑袋,仍旧一直望着天空。她围着一块绵羊皮,真像一个天上的小牧童。

"星星真多啊!多么漂亮啊!我从来没有见过这么多的星星呢……你知不知道它们的名字,羊倌?"

"知道,女东家……瞧!在我们头顶心的是'圣雅克之路'(就是银河),它从法国笔直通向西班牙。这是加利西亚的圣雅克在英勇的查理曼同撒拉逊[1]人打仗时为他划出来的路。稍远一些,是有四根闪亮车轴的'灵魂大车'(大熊星座)。在前面走的三颗星是'三牲畜',紧挨第三颗星的一颗小星是'赶车人'。您看见四周纷纷落下的流星雨吗?这些都是仁慈的上帝不希望留在身边的灵魂……再稍稍往下一点是'耙子'或者叫作"三王"(猎户星座)。它是我们这些人的钟。只要朝它一看,我就知道现在已经过了半夜。向南方,再往下一点,闪亮的星叫'米兰的让',是星星当中的一把火炬

---

[1] 所有民间的天文传说都记载于阿维尼翁出版的《普罗旺斯历书》中。——原注

（天狼星）。牧羊人对这颗星有个说法。有一夜'米兰的让'、'三王'以及'小鸡笼'（昴星团）被请去参加一个星星朋友的婚礼。传说'小鸡笼'比较心急，第一个出发，而且走上面一条道路。您往上看，在天空的深处。'三王'从下面横穿赶上了它。可是懒汉'米兰的让'睡得太晚，成了最后一个。为了拦住它们，它怒气冲天地朝它们扔去棍子。这也就是'三王'又叫'米兰让的棍子'的原因……但是所有星星当中最美的是我们的'牧羊人星'。它在清晨照着我们放出羊群，同样又在傍晚照着我们赶羊回栏。我们还把这颗星取名'玛格洛娜'。美丽的玛格洛娜在'普罗旺斯的皮埃尔'（土星）后面奔跑，每隔七年同它结一次婚。"

"说什么呀！羊倌，难道星星也结婚？"

"对啦，女东家。"

在我试着向她解释这种结婚是怎么回事的时候，我感觉有样清凉纤巧的东西轻轻地压上我的肩头。这是她睡意蒙眬的脑袋靠在我身上，上面的缎带、花边和鬈曲的头发轻轻撩拨着我。她一动不动地一直待到天上的繁星暗淡下去，最后被初升的太阳抹去光辉。看着她熟睡，我的心底里稍微有点慌乱，但我的情感受到了这明朗清夜的保护，只使我产生了高尚的念头。在我们四周，满天星斗继续静静地运行，好像一大群听话的羊。而我不时地想象这些星星中有一颗最纤巧最明亮的迷失了路，来到我肩上落下熟睡……

阿尔勒姑娘
L'Arlésienne

啊！我告诉你，
他这个人吧，他实在太伤心了……

从我的磨坊下来要进村去，都得从一所靠近大路的农舍门前经过。这家农舍建在一个种着朴树的大院子深处。这是典型的普罗旺斯农庄主的宅院，红瓦片，宽大的褐色正面门墙上窗户排列不齐，然后上面是顶楼的风标，用来提升干草垛的滑轮吊车，还有几簇褐色干草露在外面……

为什么这所房子会引我注目呢？为什么这扇紧闭的院门会让我揪心？我也许不能说个明白，然而这宅院令我心寒。四周太冷清了……当有人经过的时候，狗不吠，珠鸡不叫一声就飞快逃走……宅院内没有人声！什么动静都没有，甚至连骡子的铃铛声也没有……要是窗子上没有白窗帘，屋顶上没有升起炊烟，那么人们简直要以为此处无人居住。

昨天，正午的钟刚敲响，我从村子里回来。为了躲避阳光，我沿着庄院的墙走在朴树荫里……农舍门前的大路上，几个默默干活的雇工装完了一车干草……院门还敞开着。我走过时张了一眼,看见了在院子深处,一个满头白发的高大老年男子用双肘支在一张宽宽的石桌上,头埋在双手里。他身穿一件短短的上衣,下面套着几条破烂不堪的短裤……我停了下来。一个雇工低声告诉我:"嘘!这是主人……自从他儿子遭到不幸以后他就变成这样了。"

这时候,一个女人和一个小男孩身穿黑衣,手拿烫金的大祈祷书从我们身旁经过并走进了农庄。

雇工补充道:"女东家和小儿子做弥撒回来了。自从那孩子自杀以后,他们每天都去望弥撒……啊!先生,多么令人悲痛!父亲直到现在还穿着死去儿子的衣服,大家没法让他脱下来……驾!吁!畜生!"

大车摇摇晃晃地要起程了。我想更详细些知道这个故事,就请求赶车人让我上车坐在他身边。也就是在车上的干草堆里我听见了这个悲惨的故事……

他叫作让。这是一个二十岁的讨人欢喜的农民,文静得像个女孩,身子结实,面容开朗。因为他长得非常俊美,所以女人都会盯着他看。但是他的心目中只有一个女子,一个全身穿戴丝绒衣服和装饰花边的阿尔勒小姑娘。他是有一次在阿尔勒市竞技场上遇见她的。这姑娘让人觉得有点招摇,而且父母也不是本地人。但是让却死命爱他的阿尔勒姑娘。他说:

"如果我得不到她，一定会死。"

一定得避免这种情况发生。大家决定在庄稼收获以后为他俩操办婚事。

就这么着，一个礼拜天晚上，全家在农舍的院子里快吃罢了晚饭。这差不多是一顿喜酒。未婚妻没有参加，但大家一直为她干杯……一个男人来到大门口，用抖抖索索的声音请求单独和埃斯泰弗农场主谈一谈。埃斯泰弗立起身，走到大路上。那男人对他说：

"庄主，您要给儿子娶的媳妇是个烂货，她和我相好了两年。我说的全有证据：这里是一些信件！……她的父母一切全知道，而且早已答应了我。但自打您儿子追上她后，她的父母和她本人都不要我了……不过我以为到了这个地步，她是不能当另一个人的妻子的。"

埃斯泰弗农场主看完这些信后说道："好呀！请进来喝一杯麝香葡萄酒吧。"男子回答说："不啦！我比口渴更难受。"

他走了。

父亲不动声色地回进门来，他重新落座。这顿饭高高兴兴地吃完了……

这天晚上，埃斯泰弗农场主和他儿子一起走到田野里去了。他们在外面待了很久。当他们回家时，母亲还等着他俩。农场主把儿子带到她跟前说道："老婆，吻吻他！他真倒霉……"

让再也不说起阿尔勒姑娘了。但是他仍然爱着她。在别人告诉他这姑娘投入了另一个男人的怀抱时,他比以往更爱她了。只是他太自尊了,什么都不说出口。正是这一点害死了他,可怜的孩子!……有时候他整天独自待在角落里一动不动。另一些日子发疯似的在田里干活,一个人的工作超过了十个短工……傍晚的时候,他在通往阿尔勒的大路上一直朝前走到他看见城里的狭长的钟楼出现在夕阳里为止,这时他才返回来。他从来不走得更远一些。

农庄里的所有人看到他总是伤心和孤独的样子,不知该怎么办才好。大家担心有不幸要发生……一次吃饭的时候,她母亲两眼泪汪汪地看着他说:"哎,让,你听好,如果你还是要她,我们就把她给你娶过来……"

父亲羞愧得红了脸,低下头去。

让摇了摇头,走了出去……

从这一天起,他的生活方式变了。为了使父母宽心,他总装得高兴的样子。大家又见到他去舞会,上酒吧,参加替牲口打火印的喜庆活动。在丰特维埃耶市选举时他领头跳法兰多拉舞。

父亲说道:"他的病全好了。"而母亲却仍旧担惊受怕,比以往更加留心他的儿子……让同兄弟睡在一起,靠近养蚕房;而可怜的老女人在他们的卧室边上为自己安了一张床……在夜里蚕可能要她照顾……

农场主们的主保圣人圣埃卢瓦的节日到了。

农庄里欢天喜地……新堡红葡萄酒给每个人都灌个够，烫蒸馏葡萄酒洒得如倾盆大雨。接着放鞭炮，打麦场上点起篝火，朴树上挂满彩灯……圣埃卢瓦万岁！是，大家拼命跳法兰多拉舞呢，弟弟烧着了自己的新罩衫……让本人的样子也很高兴。他想拉她母亲跳舞；可怜的女人因此而开心得哭了。

在半夜，大家都去睡了。所有人都很需要睡眠……让睡不着。他的弟弟后来说他整夜都在哭泣……

啊！我告诉您，他这个人呀，他实在太伤心了……

第二天清晨，母亲听见有人跑着穿过她的卧房。她好像有种预感：

"让，是你吗？"

让不回答。他已经登上了楼梯。

母亲快得不能再快地起身："让，你到哪儿去？"

他爬上了顶楼；母亲跟在他后面上去：

"我的儿子，看在老天的面上！"

他关上门，插好门闩。

"让，我的小让，回我的话呀。你要干啥？"

母亲颤抖着用一双衰老的手摸摸索索去找插销……一扇窗子打开了，一声身体摔在院子的石板地上的响声，完了……

这可怜的孩子一定想过："我太爱她了……我要走……"

啊！我们的心真苦呀！然而鄙视仍不能消除爱情，这也过分了一点！……

那天早晨，村子里的人互相打听在埃斯泰弗农庄那边谁会这么大喊大叫……这是全身衣衫凌乱的母亲在院子的沾满露水和鲜血的石桌前，搂着死去的儿子正在凄惨地呼天唤地。

教皇的骡子

La mule du pape

教皇的骰子天真无邪,不止一次给人带来好运。

我们普罗旺斯的农民有许多漂亮的格言、谚语和成语用来修饰他们的谈话，这其中我说不出是否还有比这一句更精彩、更独特的。在我磨坊周围方圆十五里地界内，只要说起某人爱记仇，报复心强时，就会说："那个人哪！您得提防着点！……他像头教皇的骡子，一蹄子保留了七年。"

对于这句民谚的出处，就是教皇的骡子以及保留了七年之久的一蹄子到底是怎么回事，我查寻了相当长的时间。这儿没有一个人能够向我提供这方面的解释，甚至我的短笛手朋友，对普罗旺斯地区的传说了如指掌的弗朗塞·玛玛伊也说不明白。弗朗塞同我一样觉得其中必定有某件发生于阿维尼翁地方的逸闻轶事；但是除了这民谚本身，他从来没有听见过别的说法。

老短笛手笑着对我说："您只有在西加勒图书室里才能

找到答案了。"

我觉得这个主意不错。西加勒图书室就在我的门前,我去了,而且在那里待了足足一个星期。

这是一个妙不可言的图书室,藏书令人赏心悦目,对诗人们日夜开放,有带铙钹的小图书管理员管理。他们时时为你们奏乐。我在那里度过了几个快乐的日子。经过了一个星期的研究——仰面躺着——我终于发现了我要找的东西,也就是那骡子和它保留了七年的绝妙的一蹄子的来龙去脉。这故事尽管有点幼稚,但很动听。我试试把我昨天早上读到的一本手稿原原本本地说给您听。这本手稿是天蓝色的,散发出干薰衣草的清香,而且还有粗游丝编的书签。

谁没有见过教皇时代的阿维尼翁,谁就是什么世面也没有见过。从来没有一个城市的欢乐、活力、繁荣和节日的排场能同它一样。那时候,从早到晚,宗教游行和朝圣活动不断,街头鲜花铺地,高悬着立经挂毯。红衣主教们经罗讷河到此,旌旗迎风招展,双桅战船彩旗飘扬,教皇的士兵们在各个广场上唱着拉丁文歌曲,募捐修士们摇着木铃。还有,从上到下,鳞次栉比的房屋像蜜蜂在蜂箱周围一样紧贴着教皇宫殿的四周,发出各种嘈杂声。那时还有花边织机的嘀嘀嗒嗒声,金丝线织祭披的穿梭声,金银匠做弥撒洒水壶的小铁锤敲打声,弦乐器店里调试音板的声音，女整经工的感恩歌声，等等。此外还有教堂的钟声以及总是听见的从桥那边传来的隆隆鼓声。因为在我们此地，老百姓一高兴，就非得跳舞不可，非得跳舞不可。由于那时城里的街道对于跳法兰多拉舞来说是太窄了，短笛和鼓安排在阿维尼翁桥上。迎着罗讷河上凉爽的风，人们日夜跳舞、日夜跳舞……啊！幸福的时代！幸福的城市！斧戟不用来砍杀，国家监狱用来清凉葡萄酒。从来没有饥荒，从来没有战争……这说明孔塔地方的教皇多么会统治他们的百姓；也说明为什么他们的百姓如此深情地怀念他们！……

特别是他们当中的一位仁慈长者，人们称他为博尼法斯……噢！当他死的时候，在阿维尼翁，大家为他洒了多少伤心的眼泪啊！这是一位如此亲切、如此和蔼的大主教！他在骡背上朝您如此和颜悦色地微笑！当您从他身边经过——不管您是一个可怜的小小的挤茜草汁的工人或是城里的大法官——他都如此彬彬有礼地为您祝福！一个真正的伊夫托[1]教皇，但这位普罗旺斯的伊夫托教皇的笑声里有某种精明，他的教士戴的帽子上插着一根牛至香草，和让娜冬[2]没有丝

---

1 伊夫托（Yvetot），法国鲁昂附近一个城市，曾经为独立城邦。
2 让娜冬（Jeanneton），指乡村女子，有时暗指女色。这里指癖好。

毫关系……大家熟悉的这位仁慈长者唯一的让娜冬,就是他的葡萄园,一个他亲自种植的小葡萄园,在离阿维尼翁三法里[1]远的新堡香桃木园里。

每个星期天,这个可敬的男子做完晚祷出来就去同他的葡萄园亲近。当他在那高处坐在舒服的阳光下,骡子在他身旁,四周的葡萄树根旁躺着他的主教们,他就让人打开一瓶本地特产葡萄酒——这种好酒有红宝石般的颜色,后来就被命名为"教皇新堡"——他小口啜尝着美酒,同时含情脉脉地打量着自己的葡萄园。然后,酒瓶喝空,太阳落山,他高兴地回到城里去,后面跟着教务会的全班人马。当他经过阿维尼翁桥上,处于鼓声和法兰多拉舞包围之中时,他的骡子受到音乐的逗乐也迈开了跳跃式的小侧对舞步;而他本人则用帽子打着舞蹈的节拍。这样做使得他的主教们大为反感,但所有老百姓却因此而说:"啊!仁慈的教会长老!啊!正直的教皇!"

除了他的新堡葡萄园以外,在世界上教皇最喜爱他的骡子。这位老好人迷恋上了那头牲口。每天晚上临睡前,他都去看看牲口棚是否关紧,食槽里是否什么也不缺。他完全不顾主教们的指责,总是要在离开饭桌前亲眼看着,让人准备

---

[1] 一法里等于四公里。

好一大碗加很多糖和香料的法式葡萄酒,并且亲自给骡子送去……也应该说,这头牲口值得他这么劳碌一番。这是一头黑毛红斑的漂亮骡子,蹄子稳健,皮色光亮,臀部宽而滚圆,骄傲地昂着它那满头装饰着绒球、花结、银铃和小丝带结的瘦削小脑袋。此外,温顺得像天使,眼神天真,一对长耳朵总在摇晃,神气得像个乖孩子。整个阿维尼翁城市的人都尊敬它。当它走到街上,没有人不对它表示毕恭毕敬,因为每个人都知道这是讨好它的最好方法。教皇的骡子天真无邪,不止一次给人带来好运。蒂斯泰·韦代纳和他的奇遇就是一个证明。

这个蒂斯泰·韦代纳起初是个不知羞耻的捣蛋鬼。他的父亲居伊·韦代纳,一个金器雕刻匠,不得不把他赶出家门,因为他什么也不愿意干,而且还带坏了学徒们。有六个月时间大家看到他穿件男式礼服在阿维尼翁的各种下流场所游来逛去,但主要是在教皇的居所附近:因为这坏蛋早就在打教皇骡子的主意了。您马上将看到这些狡猾的伎俩……一天,教皇陛下独自一人骑着他的牲口在城墙下散步,瞧,蒂斯泰走到他身边,带着欣赏的样子合掌对他说:"啊!我的上帝!伟大的圣父,您有一头多么老实的骡子!……请让我稍微看它一眼……啊!我的教皇,真是俊美的骡子!……德国皇帝的骡子也没有一头比得上它。"

然后他抚摸骡子,又像对一位小姐一样地轻声细语地对着牲口说道：

"请过来吧，我的小心肝，我的宝贝，我的漂亮珠子……"

仁慈的教皇十分感动，暗自心想：

"多么好的小伙子！……他对我的骡子多么亲切啊！"

而接下来的第二天您知道发生了什么事？蒂斯泰·韦代纳用他黄色的旧礼服换来一件漂亮的花边白长袍、一条紫色真丝披肩、一双带扣皮鞋。他居然进了教皇的儿童唱经训练班，而在他之前只有贵族的儿子和主教的侄子才被收进这个训练班里……瞧，这就叫阴谋诡计！……可是蒂斯泰并不就此罢休。

一旦为教皇效劳，这坏蛋就继续玩弄为他带来成功的把戏。他对大家全蛮不讲礼，只对那头骡子关怀备至。大家总在教皇宫殿的院子里碰见他捏一把燕麦或一束驴食草，他一边亲切地摇着草上的粉红花串，一边望着教皇陛下的阳台，样子好像在说："哼！……这给谁？……"以至于到了最后，感到自己变老了的仁慈教皇竟让他照管牲口栏，并且由他送大碗的法式葡萄酒给骡子。这事没法让主教们高兴起来。

这事同样也没有让骡子高兴起来……现在，每当它喝葡萄酒的时刻，总看见五六个儿童唱经训练班的小教士到它这里来。他们带着披肩和有花边的衣服很快钻进了麦秸堆里。

接着，过了一会儿以后，一股热烘烘的焦糖和香料的好闻气味充满了牲口栏，蒂斯泰·韦代纳小心谨慎地捧着法式的大碗葡萄酒出现了。于是，可怜的牲口开始受难。

骡子实在喜爱这香喷喷的使它暖和的葡萄酒，好像给它插上了翅膀。现在有人残忍地把酒给它端来放在料槽里，让它闻，然后，当它的鼻孔充满了香气时，一眨眼又变不见了，粉红火焰般的佳酿全部灌进了这些小无赖们的喉咙里……更有甚者，如果他们仅仅是偷吃了葡萄酒倒也罢了；但是所有这些小教士喝完酒以后都成了魔鬼！……一个拉骡子的耳朵，另一个拉骡子的尾巴；基凯骑上骡背，贝吕凯试着把自己的软帽套上骡头。没有一个顽皮鬼想到，只消一扭腰或一尥蹶子，这老实的骡子就能把他们全送到北极星甚至更远……但是，不！它不会平白无故成为教皇的骡子，成为赐福和宽赦的骡子的……顽童们尽管去惹它，它并不发怒；它只怨恨蒂斯泰·韦代纳一个人……例如，当骡子感觉到这家伙在自己身后，它的蹄子就发痒，而且真的痒得有道理。这个坏蛋蒂斯泰对它玩了如此多的鬼把戏！喝酒之后会有如此残忍的鬼主意！……

不是吗，有一天他竟敢要骡子跟他一起登上儿童唱经训练班的小钟楼，那上面，是教皇宫殿的最尖顶上啊！……我对您说的这些可不是编出来的故事，二十万普罗旺斯人都看见的。您想一想这倒霉的骡子有多害怕呀，当它在一座旋梯上盲目地转了一个钟头,爬了不知多少级阶梯之后,突然出现在一个阳光耀眼的平台上,看到自己脚下千步远的整个阿维尼翁市神奇极了:市场的棚屋比不上榛子大,教皇的士兵在营房前像一群红蚂蚁,而在那边,一条银线上有一座微型的桥,桥上有人跳舞,有人就在桥上跳舞……啊!可怜的牲口!多么惊恐啊!它发出的呼叫声把教皇宫殿的所有玻璃都震动了。

"出了什么事?有人把它怎样啦?"仁慈的教皇一边高叫着一边冲上阳台。

蒂斯泰已经在院子里了,他又是装哭脸又是扯自己的头发。

"啊!伟大的圣父,发生了这样的事!您的骡子爬上了小钟楼……"

"它独自爬上去的?"

"不错,伟大的圣父,它独自上去的……瞧!那上面,您看着它……您看见露出的两只耳朵尖吗?……好像两只燕子……"

"天哪!"可怜的教皇抬起眼睛说道,"么说这骡子发疯了!可是它要害死自己的呀……你好好下来吧,倒霉的家伙!……"

老天可怜!它巴不得下来呢……但是从哪儿下?想也别想楼梯,这种东西爬上去还行,如果往下走,非摔断一百次腿不可……可怜的骡子痛心疾首，它瞪大两只眼睛，晕头转向，在平台上一边打转，一边想着蒂斯泰·韦代纳：

"啊！强盗，如果我从这里脱险……明天早上会给你怎样的一蹄子！"

这狠狠一蹄子的想法使它多多少少定下心来；否则它说不定坚持不下去了……最终人们终于把它从上面拉了下来：但这费了好大的劲。需要用一只千斤顶、许多绳索和一副担架才能运下它。您想想，对于教皇的骡子来说，看到自己被吊得那样高，像只用线拴住的金龟子在空中划着几条腿，有多么丢人现眼呀。再说，全阿维尼翁市的人都看着它！

不幸的骡子通夜睡不着觉，它总觉得自己还在那该诅咒的平台上转着，听到从下面市里传来的笑声，然后它想到了这可耻的蒂斯泰·韦代纳，想到它明天早上要狠狠踢他的一蹄子。啊！我的朋友们，会是多么狠的一蹄子！从庞贝里古斯特就可能看到这一蹄子扬起的烟尘……然而，当它在牲口栏里准备好好地接待蒂斯泰·韦代纳的时候，您知道这家伙在干什么吗？他正哼着小曲乘着教皇的双桅船沿罗讷河顺流而下，与一群年轻的贵族到那不勒斯的宫廷去呢。阿维尼翁市每年都派一群年轻贵族到那不勒斯的让娜一世女王身边去培训外交和礼节知识。蒂斯泰不是贵族，但教皇坚持要奖赏他对骡子的关怀，特别是他在白天营救工作中表现出来的积极主动性。

第二天感到失望至极的是骡子!

"啊!强盗!他已经猜到点什么了!……"它狂怒地摇晃着铃铛想……"不过没关系,走吧,坏蛋,你回来以后一定会重新得到你那一蹄子的,我为你留着!"

它的确给这坏蛋留着。

自从蒂斯泰离开以后,教皇的骡子恢复了平静的生活方式和先前的气派。牲口栏里再也没有基凯和贝吕凯这些人了,有法式葡萄酒的美好日子又回来了,连同愉快的心情、长时间的午睡,还有经过阿维尼翁桥上时轻快的加沃特舞步也回来了。然而,自从它出了那桩意外后,在城里大家对它总显出一点冷淡。在它经过的路上有人窃窃私语;老人们摇头,孩子们互相指着小钟楼笑。仁慈的教皇本人对他的骡子朋友也不再有以前那样的信任了。星期天从葡萄园回来时,就是在骡背上打个小盹,内心也禁不住总要想:"我会不会醒来时到了那平台上面呢!"骡子觉察了这些,因而非常难受,但什么也不表示。只是当有人在它面前提到蒂斯泰这个名字时,它的长耳朵轻轻发抖,同时低声一笑,在铺街石上磨快自己的蹄铁。

就这样,七年过去了。过了七年之后,蒂斯泰·韦代纳从那不勒斯宫廷回来了。他在那边的期限还没有结束,但是他得到消息说教皇的首席芥末师突然在阿维尼翁去世了,而他觉得这个职位不错，于是急匆匆赶回来参加竞争。

当韦代纳这个阴谋家走进教皇宫殿大厅时，圣父很难认出他了，因为他长高了，发福了。也应该说是仁慈的教皇本人衰老了，如果没有眼镜，看得也不清楚了。

蒂斯泰毫无畏惧的样子。

"怎么啦！伟大的圣父，您认不出我啦？……这是我，蒂斯泰·韦代纳呀！……"

"韦代纳？……"

"就是呀，您很了解的……那个给您的骡子送法国葡萄酒的人。"

"啊！对了……对了……我记起来了……一个很好的小男孩子，叫蒂斯泰·韦代纳！……现在他要我做什么呀？"

"嗬！帮一点点小忙，伟大的圣父……我来是向您请求……对啦，您那头骡子仍旧在吗？它还健壮吗？……啊！好极了！……我来是向您请求给我那个刚去世不久的首席芥末师的职位。"

"你……要当首席芥末师？！可是你太年轻了。你今年多大年纪？"

"二十岁零两个月，英明的教皇，正巧比您的骡子大五岁……啊！上帝的荣耀，多老实的骡子！……如果您知道我曾经多么喜欢这头骡子就好了！……我在意大利也对它念念不忘！……您不让我看看它吗？"

"不，我的孩子，你一定会看到它的，"仁慈的教皇十分感动地说，"既然你这么喜欢这头老实的牲口，我也不再希望你远离它生活。从今天起，我把你作为首席芥末师留在我身边……我的主教们会大喊大叫的，不过也算了！我已经习惯了……明天晚祷结束后来见我吧，我将当着教务会的面授予你等级标志，然后……我带你去看骡子，你再跟我俩一起去葡萄园……哎！哎！你下去吧……"

如果说蒂斯泰离开大厅时心满意足，又是怀着何种迫不及待的心情等待第二天的典礼，我无须对您说了。但是在宫中还有比他更高兴，更迫不及待的：这是那骡子。从韦代纳回来直到第二天的晚祷，强烈激动的骡子不停地吃燕麦，不停地用两只后蹄子踢墙。它也在为典礼作准备……

就这样，第二天的晚祷做完以后，蒂斯泰·韦代纳大模大样地走进了教皇宫殿的院子。所有上层的教会人士都到场了，有穿红袍的枢机主教，穿黑丝绒袍的魔鬼辩护人，戴着小主教冠的修道院院长，圣阿格里柯的教堂财产管理员，紫色披肩的教堂唱经班领班；也有下级教士，穿军礼服的教皇士兵，三大苦修会的修士，面目凶悍的旺图山隐修士和走在后面手执铃铛的小教士，一直赤裸到腰部的鞭笞派修士，穿着推事长袍、脸色红润的圣器室管理员，全部，全部，连洒圣水的、点蜡烛和灭蜡烛的人……一个不缺……啊！这是一次盛大的圣职授任典礼！钟声、鞭炮、阳光、音乐，还有那

边阿维尼翁桥上伴舞的疯狂鼓声。

当韦代纳出现在人群中间时,他凛凛的威风和俊美的仪表引来一片喊喊喳喳的赞美声。这是一个普罗旺斯美男子,不过金黄色的头发中有些长发梢鬈曲,新长出的小把胡须好像是他当金器雕刻师的父亲刻刀留下的纯金属。私下有人传说连让娜女王的手指有几次也在金黄色的胡须里把玩过一番。事实上这位德·韦代纳老爷有一种男子汉不胜荣耀的气派和漫不经心的目光,女王们就爱这样的男人……这一天,为了给国家争光,他用一件普罗旺斯式镶玫瑰花边的礼服换下了那不勒斯服装,而且在他的风帽上抖动着一根卡马尔格白鹭的大羽毛。

一进门,首席芥末师风度翩翩地向人致意并朝高台走去。教皇正在那儿等着把职位标志授给他:一把黄色的黄杨木勺和一件橘黄色的衣服。骡子立在高台阶下,已经配好鞍辔,准备好到葡萄园去……蒂斯泰·韦代纳经过它边上时,带着善意的微笑停下脚步,在骡背上友好地轻拍了两三下,一面用眼角望望教皇看他是不是看见了他做的一切。位置好极了……骡子猛然鼓劲:

"嗨,接住,强盗!我为你保留了七年!"

您看到它撩起蹄子给了他一下,如此可怕,如此可怕的一蹄子,甚至人们从庞贝里古斯特都看到了烟尘,一股金黄色的烟尘旋风,里面飞舞着一根白鹭羽毛:这是不走运的蒂斯泰·韦代纳所剩下的全部东西!……

　　一般情况下骡子用腿踢人没有这样的摧毁力。但这是一头教皇的骡子,更何况您想一下吧!它为他保留了整整七年……再没有比这例子更好地说明教士的记仇心了。

桑吉内尔岛上的灯塔

Le phare des sanguinaires

呵！我在我的岛上度过了多少似睡似醒、物我两忘的美好时光啊！……

昨天夜里我睡不着。密斯脱拉风怒号着,巨大的风声搞得我一直醒到早晨。整座磨坊咯咯吱吱摇晃作响,残缺不全的风车翼子像船上的帆缆索具一样被狂风刮得发出呼啸声,沉重地摆动着。瓦片从屋顶上乱纷纷地卷飞起来。远处,覆盖着山丘的密匝匝的松树在黑暗中起伏不断,发出阵阵喧哗。人们真以为自己身处汪洋大海之中……

这使我完全回想起三年前那些令人难忘的不眠之夜,当时我正住在科西嘉海岸边阿雅克修湾入口处的桑吉内尔岛上的灯塔里。

我还在那儿找到了一个可以沉思和独身隐居的世外洞天。

请您想象一个淡红色的外表粗野的岛;一个岬角上有座灯塔,另一端有座热那亚式样的塔楼,我在的时候里面住着一只老鹰。在下边的岸边有一座杂草丛生的检疫站废墟。此外,还有些沟沟坎坎,大岩石块,几只野山羊,几只鬣毛随风飘扬的小科西嘉马。最后，在高处，在一群海鸟盘旋的中间最高处，是灯塔的房屋，白色石块砌成的平台，看守们就在那上面来回踱步。绿色的门呈尖拱型，铁铸的小塔楼，上面有一个多平面的巨大顶塔，它会在阳光下光焰四射，甚至在白天也有光芒……这就是昨夜松涛惊耳时我重新见到的桑吉内尔岛。在拥有这座磨坊之前，当我需要野外和独处的时候，我有时就去把自己锁闭在这迷人的岛上。

我干些什么事？

同我在这儿干的一样，还要少些。当密斯脱拉风或特拉蒙塔纳风刮得不太厉害时，我就来到紧挨水边的两块岩石当中，在银鸥、乌鸦和燕子中间，而且我几乎在凝视大海而带来的惊愕和舒心的慵懒之中待上一整天。您很熟悉这种心灵的美妙痴迷，对吗？再也不思考，再也不幻想。您的一切身心脱离了您，飞走了，散落了。人成了俯冲而下的海鸥，成了在阳光下两个浪头之间漂动的水沫，成了那艘远去的大客轮的白色烟痕，成了张着红帆的采珊瑚小舟、水珠、雾团，成了您本身以外的一切……呵！我在我的岛上度过了多少似睡似醒、物我两忘的美好时光啊！……

刮大风的日子里，水边不能待，我就把自己锁闭在检疫站的院子里。这是一个凄凉的小院子，散发出迷迭香和野苦艾的味道。在那里，我藏身在旧墙一隅，让阵阵幽香和凄凉的心绪慢慢地涌入自己。这香味和心绪是随着阳光飘浮进四周像古墓一样洞开的石头小屋里的。有时门会发出砰的一响，草丛中有轻微的一跳……这是一只山羊为避风到这里来吃青草。看到我，山羊吃惊地停下了，一动不动地站在我面前，活泼的样子，角翘得高高的，用孩子一样的目光望着我……

将近五点钟，看守们的喇叭筒喊我吃晚饭。于是我沿一条攀援海上陡坡的丛林小道慢慢地回到灯塔去。每走一步我都回头眺望水天一色的巨大地平线，它似乎随着我的登高而越来越宽阔。

那上面，真的很吸引人。我还能看见铺着宽大石板、镶着橡木护墙板的餐厅，普罗旺斯鱼汤冒着热气，门朝着白色的平台洞开，整个夕阳都照得进来……看守们已经在那里等待我入席。看守一共三个，一个马赛人和两个科西嘉人。这三个人全很矮小，有胡子，一样黝黑、皲裂的脸，穿一样的山羊毛"珀洛纳"（水手上衣），但举止和脾气完全相反。

在这些人的生活方式上，人们立刻可以感觉到两个种族的不同之处。马赛人灵巧，充满活力，总是忙忙碌碌，总是手脚不停，从早到晚在岛上跑动，种园子，钓鱼，捡野鸟蛋，埋伏在树丛里挤过路山羊的奶；而且总是兴致勃勃地准备蒜泥蛋黄酱或普罗旺斯鱼汤。

那两个科西嘉人在值班之外绝对不做任何事情。他们自认是公务员，在厨房里用没完没了地玩斯科巴牌局来打发日子，

我还在那儿找到了一个可以沉思和栖身隐居的世外洞天。

只有在神情严峻地重点烟斗和在掌心里用剪刀剪新鲜大烟草叶的时候才中断一下。

尽管如此,马赛人和科西嘉人,这三个都很善良、单纯、朴实,对他们的客人充满体贴,尽管在心底他们大概觉得这位先生相当稀奇古怪……

您想一想呀,居然为了开心而把自己锁闭在这座灯塔里!……而他们觉得日子实在冗长,只有轮到上陆地去时才如此快乐……在气候宜人的季节,他们每个月都能得到这巨大的幸福。灯塔上三十天陆地上十天,这是规定好的;但到了冬天和天气恶劣时,这规定便执行不下去。风急浪高,桑吉内尔岛成了白色的泡沫世界,值班的看守们会连续被困上两三个月,有时候形势还会十分凶险。

有一天我们在吃晚饭时,老巴尔托利对我讲起了故事:

我就遇到过这样的事,先生,这是我五年前遇到的,就在我们现在的餐桌上,也是一个冬天的晚上。那天晚上我们只有两个人在灯塔里,我同一个名叫捷柯的同事……其他人都在陆地上,是病了,还是休假,我记不起来了……我们安安静静地吃完晚饭……突然,我那位停止吃饭的同事用一种奇怪的眼光望了我一会儿,然后,扑通!两臂朝前伸,倒在桌子上。我朝他走去,我摇他,我叫他:

"噢!捷!……噢!捷!……"

一点回答也没有,他已经死了……您能想得出我当时是什么样的心情。我在这具尸体前足足发愣并颤抖了一个多小时。然后,我猛然想道:"还有灯塔!"我刚来得及爬上顶塔,把灯点着。天已经黑下来了……多么可怕的一夜啊,先生!大海,狂风,它们的声音都变得不自然了。我时刻觉得有人在楼梯上叫我。我还觉得自己发烧,口渴!但是您怎么也没法让我下楼去……我太害怕这具死尸了。然而,天蒙蒙亮时我稍微恢复了一点勇气。我把同事搬到他的床上;罩上一条被单,念了一段祷告,然后很快去发报警信号。

很不幸,海上波涛过于汹涌;我白费力气一再呼救,就是没有一个人来……我就这样单独地和我可怜的捷柯留在灯塔里,只有上帝知道这要多少时间……我希望把他留在我身边等到船来!但三天过后这样下去不可能了……怎么办呢?把他搬到房外去?埋葬他?岩石太硬,而且岛上乌鸦多得很。实在不忍把这个基督徒抛弃给乌鸦。于是我想到把他搬下去放在检疫站的一间小屋里……这桩伤心的苦差事花了我整整一个下午,而且我对您保证,我做这事真的需要勇气。喏!先生,到了今天还是,每当下午刮大风时我从岛的这边下去,我总觉得肩上还扛着那个死人……

——可怜的老巴尔托利!一想起这件事,他的额头上就淌汗水。

我们的这顿饭就这样在长时间的闲聊中度过:灯塔、大海、海难故事、科西嘉强盗的故事……太阳落下了,值第一班的看守点起小灯，带上烟斗、小壶、一本红切口的厚厚的普鲁塔克¹的著作，这是桑吉内尔岛上的全部藏书，然后消失在黑暗深处。过了一会儿，整座灯塔里响起了一阵铁链、滑车和重新上好发条的大钟锤的嘈杂声音。

在这时候，我走到外面坐在平台上。太阳已经十分低垂了，它拖着身后的地平线越来越快地朝水面落去。风增强了，海岛变成了紫色。在我近边的天空上有一只大鸟笨重地飞过：这是住在热那亚式塔楼上的老鹰归巢了……海雾渐渐上升。很快，人们只能看见海岛四周被水沫形成的一条白色卷边……突然，我的脑袋上方射出一大片柔和的亮光。灯塔点燃了。明亮的光线落在大片的海面上，把整个岛留在阴暗之中。在经过这勉强溅落到我身上的巨大光波之下时，我也消失在黑夜里了……但是风还在增强。该回屋内去了。我摸索着关好沉重的大门，牢牢地闩上铁门闩，然后仍旧摸索着爬上一把在我脚下抖动和咯吱作响的小铸铁梯，攀上了灯塔的顶楼。这儿，啊，一片光亮。

请您想象一盏有六排灯芯的巨大的卡索灯，灯的四周缓缓地旋转着灯壁，有一些灯壁装着整块巨大的水晶透镜，另一些灯壁朝一块巨大的为火焰挡风的固定玻璃开着……我一

---

1 普鲁塔克（Plutarque，约50—125），古希腊传记作家，著有《希腊罗马名人代》。下面提到的法莱尔也是他作品中的主人公之一。

进去就眼发花了。这些铜制品,这些锡制品,这些铅锡合金的反射镜,这些带着巨大的蓝莹莹光圈旋转的水晶凸面,这一切闪光,这一切光芒的撞击使我一时间目眩头晕。

然而,慢慢地我的双眼习惯了,我甚至去坐到灯下,坐在由于害怕睡着而正在高声朗读普鲁塔克作品的看守身旁……

外面是黑暗,是深渊。在围绕玻璃罩壁的小阳台上,狂风像疯子一样咆哮着掠过。灯塔嘎嘎作响,大海怒吼。在岛的岬头的防波堤上,海浪撞击出大炮的轰鸣声……有时,似乎有一只看不见的手指在敲击窗玻璃:原来是被灯光吸引过来的一只夜鸟刚刚在水晶上撞破了脑袋……在光焰耀眼而火热的塔灯里,只有火焰的爆裂声、淌油和转动链条的杂音;而且还有一个单调的声音正在念着德米特里·德·法莱尔的生平事迹……

午夜时分,看守起身朝那灯芯望了最后一眼,我们下了楼。在楼梯上,我们遇见了正揉着双眼登楼的值第二班的同事。我们把水壶和普鲁塔克的作品传交给他……接着,我们在上床之前先到里间屋子去一会儿。这房间挤满了铁链、六钟锤、锡制的油箱、各种绳索。看守在这儿就着他小灯的火光,在那本一直摊开的大本灯塔日志上写下:

午夜。大海波涛汹涌。暴风雨。外海有一艘船。

"塞米扬特号"轮船的临终时刻
L'agonie de la «Sémillante»

时隔十年,回忆起那不幸船只的灵魂,其残片一直萦绕在我的脑海……

既然那夜的密斯脱拉风把我们抛到了科西嘉的岸上,就让我给你们讲一个可怕的海难故事吧。当地的渔民在守夜的时候常常讲这个故事。一次偶然使我得知了关于这次事故的非常奇特的情节。

……这件事已经过去两三年了。

我在撒丁岛外的海上航行,同行的有七八个海关水手。对于新手,这真是一次艰苦的旅行。整整三个月我们没碰上一日好天气。东风猛烈地在我们身后追击,大海没有停止过咆哮。

一天傍晚,为了躲避暴风雨,我们的船驶进博尼法乔海峡的入口处,躲进了一群小岛中间……这些小岛的景色毫无动人之处:光秃秃的大块岩石上满是栖息的海鸟,几簇苦艾,几丛乳香黄连木,还有遍地的淤泥中有一些正在腐烂的木板。但是,凭良心说,为了过夜,这些阴森可怕的岩石比那些波浪毫无阻挡地侵入的旧小木船上的半拱舱室还要好些。我们对此感到满意。

刚一上岸，在水手们生火做普罗旺斯鱼汤的时候，船主叫我了，一面指着海岛一端隐现在雾中的小小白色砖石围墙对我说：

"您要到墓园去吗？"

"一座墓园！利欧内蒂船老大，我们究竟在什么地方？"

"在拉韦齐岛上，先生。在这里埋葬着'塞米扬特号'上的六百个人，十年前，他们的三桅战舰就沉没在同一个地方……可怜的人哪！很少有人来看望他们。既然我们已到了这里，至少也应该去向他们问声安好吧……"

"我真心实意想去，船老大。"

"塞米扬特号"的墓园多么凄凉啊！……我只看见它的低矮小围墙，锈迹斑斑难以开启的铁门，冷冷清清的祭台和几百个淹没在荒草中的黑色十字架……没有一个永存的花圈，没有一样纪念物！什么也没有……啊！可怜的被遗弃的死者，他们葬身在这意外的坟墓里该有多么冷寂呀！

我们双膝下跪，在墓园里待了片刻。船主高声祈祷。墓园的唯一看守者大银鸥在我们头上盘旋，它沙哑的哀鸣和大海的悲叹混合在一起。

祈祷结束后，我们伤心地走回小船抛锚的地方。我离开的时候，水手们一点也没有浪费时间。我们看到岩石的掩蔽处已经生起了一堆熊熊大火，锅里冒着热气。我们腿朝火堆围坐成一圈，很快，每个人的膝盖上的红陶土盆子里都装上了两片浸透水的黑面包。这顿饭吃得闷声不响：我们浑身湿透，饥肠辘辘，而且离墓园不远……然而，当盆子里的东西吃完，大家点起烟斗，便开始了交谈。自然而然，大家就说到了"塞米扬特号"。

"事情到底是怎样发生的？"我问船主。

他双手抱着头，若有所思地望着火苗。

"事情是怎样发生的？"善良的利欧内蒂长叹一声回答我，"唉！先生，世界上也许没有一个人能说清楚。我们知道的一切是这样的，前一天傍晚，'塞米扬特号'从土伦出发，载着一支部队冒着恶劣的天气前往克里米亚。夜里，天气变得更糟了。又刮风，又下雨，人们从没见过大海的波涛那么汹涌……早晨，风势稍微减弱一点，但大海总是难以平静，此外，该死的浓雾使得四步以外的信号灯也辨别不清……先生，那样的浓雾可以想见是危机四伏的……但这并没有多大关系，我想'塞米扬特号'的舵大概在早上就失灵了，因为没有一次海难是船长无力对付浓雾而引起的。这是一个很厉害的海员，我们全认识他。他已经在科西嘉岛上指挥警戒海域的巡逻艇三年了，和我一样熟悉他的海岸，其他事情我就不知道了。"

"那么大家觉得'塞米扬特号'是在什么时刻遇难的呢？"

"这大概在中午；对，先生，正午时刻……当然啰！由于海上有浓雾，这正午并不比如入了狼口一样的黑夜好一丝一毫……一个岸上的海关职员对我说过，那一天快到十一点半时，他刚出小屋子想去关百叶窗，一阵风就把他的帽子吹走了。他冒着自己被浪头卷走的危险，沿着海岸连滚带爬在后边追赶。您是理解的！海关职员并不有钱，而一顶帽子价钱不低。就在此刻，我们所说的人不经意间抬起头来，似乎看见就在他近边的雾中有一艘鼓着风帆的大船顺风在拉韦齐岛的岸边飞驶而过。这艘船驶得如此之快，如此之快，以至于这个海关职员来不及看个明白。但是完全可以相信这是'塞米扬特号'，因为半个钟头后岛上的一个牧羊人听见了在这些礁石上……正好，我对您说起的这个牧羊人来了，先生，他会亲自对您说这件事……你好呀，巴龙博！……来这里暖和一下，别害怕。"

这是一个戴着风帽的男人，我已看见他围着我们的篝火溜达了一阵子，我原先以为他也是船上的一名船员，因为我还不知道岛上有牧羊人。他惶恐不安地朝我们走近。

这是一个年老的麻风病人，差不多是个白痴，染上了我不知名的什么坏血病，使得他的大嘴唇肿得厚厚的，看上去让人害怕。大家费了很大的劲才向他解释清楚是怎么回事。于是老人用手托着病态的嘴唇，向我们讲述了发生的事实：

出事的那天，临近中午，他从小棚屋里听见了一阵可怕的撞击礁石的碎裂声。因为岛上涨满了水，他无法出去，只是到第二天他刚一开门就看见了海岸上堆满了碎木片和被海潮留下的许多尸体。他吓得要死，立刻朝他的小船奔去，为的是到博尼法乔去找人。

牧羊人讲了这么多话，累了，坐了下来。船主重新接上话头：

"对了，先生，就是这个可怜的老人来告诉我们的。他怕得发了疯：由于这件事，他的神经到现在还错乱呢。凡事总有起因……请您想想看，六百具尸体堆在沙滩上，乱七八糟地夹着破碎的木片和船帆……可怜的'塞米扬特号'啊！……大海一下子把它打得粉身碎骨，牧羊人巴龙博花了很大的努力才从这些碎片中找回一些木板修了一道围住他草房的栅栏……至于那些死去的男人，几乎个个面目全非，肢体残缺，令人恐怖……他们成群地互相勾着，真是可怜极了……我们找到了穿着盛装的船长，颈上围着襟带的指导神甫；在两块礁石当中的一个角落里，发现了一个双目圆睁的年轻见习水手……大家还以为他活着呢，不是的！可以说没有一个人幸免于难……"

这时船主中断了谈话："当心，纳尔迪！火要熄灭了。"

纳尔迪把两三块涂着沥青的木板抛进火堆里，火苗又蹿起来了。

利欧内蒂继续说下去：

"这事件中更令人伤心的是……在这灾祸的三个星期前，也曾有一艘像'塞米扬特号'一样开往克里米亚的小型护卫舰，以同样的情况、在几乎相同的地方沉没了。只是那一次我们成功地救出了全体船员和船上的二十名辎重兵……这些可怜的辎重兵对他们的遭遇却不在乎，您想想看！我们把他们带到博尼法乔，在我们的船队里一起过了两天……一旦身上干了，恢复了精神，他们说一声再见！祝你好运！就回到土伦去了，在那里过了一段时间，他们又重新上船去克里米亚……请您猜一猜，他们上了哪艘船！……在'塞米扬特号'上，先生……我们又一次见到他们全体，全体二十个，躺在死人堆里，就在现在我们这地方……我亲自翻起一个蓄着精致小胡子的漂亮下士，一个金色头发的巴黎小伙子，我曾让他在我家里睡过觉，他讲的故事总是让我们哈哈大笑……看见他死在这里，我的心都碎了……啊！圣母！……"

说到这里，老实的利欧内蒂非常激动，抖去烟斗里的烟灰，裹紧自己的厚呢上衣，向我道了晚安……水手们彼此还低声交谈了片刻，然后烟斗一个接一个熄灭了……大家不再说话……老牧羊人也走了……我独自一人在沉睡的船员中间沉思起来。

我还沉浸在刚刚听到的令人毛骨悚然的故事印象之中，我试图用想象把这起只有银鸥可作见证的不幸的沉船事故重新恢复其本来面目。某些使我特别感动的细节，如穿着盛装的船长、神甫的襟带、二十名辎重兵等等，都有助我猜测这起悲剧的所有波折……我看见了这艘三桅战舰在黑夜中由土伦启航……它驶出了港口。大海上风急浪高；但有一位精明强干的船长，大家都很镇定地待在船上……

早上，海面上升起了浓雾。人们开始不安起来。全体船员都在甲板上，船长没有离开舵舱……在关着所有士兵的统舱里一片漆黑，空气闷热。有些人已经生病了，躺在他们的背包上。船可怕地颠簸着，根本不能站立；大家一群群地坐在地板上，用手牢牢抓住凳子，说着话，但必须高声喊叫才能听见对方在说些什么。有些人看样子害怕了……您就听好吧！海难经常发生在这个区域，辎重兵说起此事，但他们所说的并不让人感到心安。特别是他们的下士，一个总是开玩笑的巴黎人，他说的笑话会使你不寒而栗：

"翻一次船！……翻一次船真的很有趣。再说洗一次冰水澡也挺好玩的，再把我们送到博尼法乔去，无非是去船主利欧内蒂家吃顿鹞鸟肉的事……"

辎重兵们笑了起来……

突然，一声爆裂巨响……这是什么？发生了什么事？……

"舵刚刚断裂了。"一个浑身湿透的水手奔过统舱的时候说道。

"一路顺风!"发疯似的下士叫了起来,但这一次没有一个人再笑了。

甲板上乱成一团。浓雾使人互相看不清。水手们惊恐万状地来来回回,摸索着……舵没有了!不可能再操纵了……"塞米扬特号"顺水漂流着,如风一样飞驶着……就是在这时候海关职员看见它经过的,正是十一点半。在战舰的船头,人们听到一声大炮轰鸣似的巨响……触礁了!触礁了!……完了,再也没有希望了,船会直冲海岸……船长从他的舵舱下来走进了他的卧舱……过了一会儿,他又回到自己舵舱的位置上——身穿盛装……他希望死的时候衣冠楚楚。

在统舱里,惶惶不安的士兵们一声不吭地互相对望着……生病的试图站立起来……小个子下士不再笑了……这时,舱门打开,神甫佩着襟带出现在门槛上:

"跪下,我的孩子们!"

所有的人都服从了。神甫嗓音嘹亮地为临终的受难者祈祷。

突然,一下巨大的撞击,一声惊呼,只有一声惊呼,一声死命的惊呼,手臂伸出,手挽着手,惊慌失措的目光中死亡的幻影如闪电一闪而过……

天主仁慈!……

这就是我整夜想象的情景，时隔十年，回忆起那不幸船只的灵魂，其残片一直萦绕在我的脑海……远处，海峡中风雨如磐；我们露营地上的篝火在狂风中飘摇。我听见我们的小船在礁石脚下晃荡，系船的缆索吱吱作响。

海关职员

Les douaniers

一声长叹,仅此而已……

在这次去拉韦齐岛的凄惨旅行中，我乘坐的是韦基奥港的"艾米丽号"。这是一艘陈旧的海关小艇，半拱的舱里只有一间涂着沥青的甲板室可以遮风雨、避海浪，其宽度只能勉强放下一张桌子和两张小床。所以还应当看看我们那些在恶劣天气中工作的水手们。脸上淌着汗水，湿透的水手粗布短工作服像蒸汽浴室里的内衣一样冒着热气；即使在数九寒冬，这些不幸的人也是这样度过他们所有的工作日，甚至夜里，他们蹲在水淋淋的长凳上，在有碍健康的潮湿中哆嗦。因为在船上不能生火，而登岸又常常很难……但是，他们当中没有一个人抱怨。在最严酷的天气里，我总看见他们同样地沉着，同样地情绪饱满。然而，这些海关水手的生活是多么凄凉啊！

他们几乎全都结婚了，有妻子儿女在陆地上。他们往往几个月离家在外，顶风航行在如此危险的海岸旁。他们只有发霉的面包和野葱可以充饥。从没有葡萄酒，从没有肉，因为肉和酒价钱太贵，而他们每年只挣五百法郎！全年只有五百法郎！您会想象在海岸那边的茅屋肯定是漆黑的，孩子们也肯定是打赤脚走路！……没什么关系！所有这些人都显得很满意。在船尾的舱面室前面有一个装满雨水的大木桶，船员们在桶里盛水喝，我还记得，最后一口水咽下后，这些可怜的家伙每个人都摇摇他的杯子，心满意足地喊一声"啊！"这种舒心的表情既可笑又令人同情。

其中最快乐、最满意的是一个矮小、皮肤黝黑而壮实的博尼法乔人，大家叫他巴龙博。这个人总是唱唱哼哼，甚至在最恶劣的天气里也不停嘴。当波涛变得汹涌，天空变得阴暗低垂、充满了小冰雪子的时候，大家都鼻子朝天，手放在船的下后角索上，警戒着即将来临的大风袭击时，巴龙博平静的嗓子开始在船上寂静和惶恐的气氛中唱了起来：

不，老爷大人，
这实在过分荣幸。
丽塞特聪明……伶俐，
她留在了村子……里……

而狂风自顾自紧吹，刮得缆索呜呜作响，刮得小艇摇摇晃晃并灌满海水，但这海关员工的歌照样回响着，如同一只

海鸥在浪尖上跳跃。有时候风伴奏得太响,歌词听不见了。但在每次海浪的冲击当中,在淌水的间歇,那短短的叠句总又重新出现:

丽塞特聪明……伶俐,
她留在了村子……里……

然而,有一天,刮着大风下着暴雨,我没有听见他唱歌。这太不同寻常了,我把头伸出了舱面室:

"哎!巴龙博,再也不唱啦?"

巴龙博没有回答。他躺在长凳下一动不动。我走近他的身边。他的牙齿格格作响,全身因为发烧而颤抖。

"他得了'彭杜拉'。"他的伙伴们伤心地告诉我。

被他们叫作"彭杜拉"的,是肋骨痛,一种胸膜炎。这铅灰色的茫茫天空,这到处淌水的小艇,这裹着一件像海豹皮一样在雨中闪闪发亮的陈旧胶皮外套的可怜的发烧病人,我还从没见过比这更凄惨的景象。很快,寒冷、大风和海浪的冲击加剧了他的病情。他说起胡话来了,必须靠上岸去。

经过了很长时间和很多努力,我们在傍晚之前驶进了一个冷僻寂静的小港口。只有几只海鸥盘旋飞翔,给小港口增添了几分生气。海滩四周耸立着又高又陡的礁石,一些深绿色四季常青的小灌木组成的茂密丛林。在下面水边,有一所灰百叶窗的小白屋；这是海关的一个小站。在这荒凉的地方，一座像制帽一样标有号码的国家建筑物给人某种不吉祥的感觉。我们把不幸的巴龙博放在这里。对病人说来，这是一个凄凉的收容所！我们看见正在与妻子儿女坐在炉火旁吃饭的海关职员。这一家人的脸全都又瘦又黄，大眼睛因热病而围着一圈黑边。母亲还年轻，手里抱着一个吃奶的婴儿，对我们说话的时候一直打着哆嗦。

"这是一个可怕的小站，"海关视察员低声告诉我，"我们不得不每两年更换一次我们的海关职员。沼泽热病把他们吃了……"

然而我们得设法找个医生。从这里到萨泰纳，也就是说六到八法里之内都没有。怎么办？我们的水手们个个筋疲力尽；而派一个孩子去又太远。这时候，女人欠身朝着门外叫道：

"赛柯！……赛柯！"

我们看见走进一个身材很好的大小伙子，他头戴栗色羊毛无沿软帽，穿着山羊毛水手短上衣，活脱一个偷猎者或是强盗坯子。上岸的时候我已经发现他坐在门前，牙齿咬着红烟斗，两腿中夹着一支步枪。但我不知道为什么我们走近时他溜走了。也许他以为我们中间有宪兵吧。当他进来时，海关职员的妻子脸红了一下，对我们说：

"这是我的表弟，他在丛林里绝没有迷路的危险。"

然后她指着病人，低声地和他说话。男人低下头，没有答话，走出门去。他用口哨招呼一声自己的狗，接着就出发了。他肩上扛枪，长腿从一块岩石跳到另一块岩石。

这时候，孩子们似乎被在场的视察员吓坏了，很快地吃完作为晚饭的栗子和"布吕乔"（白奶酪）。桌上摆的是水，也只有水！然而，对于这些小孩，要是有杯葡萄酒就可能大有益处。啊！贫困啊！最后，母亲把他们带上楼睡觉去了。父亲点着他的手提灯，走去巡视海岸了。我们留在火塘边照顾病人。他在破床上翻来覆去，好像还在大海上被波浪摇晃着一样。为了稍微缓解一点他的病痛，我们把一些鹅卵石和砖头烘热放在他的胸侧。有一两次当我走近他的床边，不幸的病人认出了我，为了向我表示感谢，他费力地朝我伸出像从火中取出的砖头一样的又粗糙又烫人的大手……

守护病人的夜是多么凄惨！室外，随着天黑，恶劣的天气又重新开始了，这是一片撞击声、轰隆轰隆声、浪花的飞溅声、礁石和海水的搏斗声。时不时地有从宽阔海面刮来的大风钻进海湾，裹住了我们的房屋。我们可以从突然升起的火苗上感觉到它。火苗一下子照亮了水手们阴沉的脸。他们聚集在壁炉周围，用看惯了辽阔无边和浩渺的大海与天空的平静心态看着炉火。有时候，巴龙博也轻轻地呻吟几声。这时候，所有的眼睛都转向阴影一角，那边，他们这个远离自己亲人、得不到救助的可怜同伴正在慢慢死去。所有的胸膛都在急剧起伏，听得见的深深叹息。这就是这些逆来顺受、

性情温和的海上工人为自己的厄运所表示出的全部感受。没有起义，没有罢工。一声长叹，仅此而已！……然而，并非如此，我弄错了。他们中的一个为向火炉抛一捆细树枝而走过我面前时，用非常悲痛的嗓音轻声对我说：

"您看见了，先生……我们这一行工作，有时真的悲苦难言啊！"

居居尼昂的本堂神甫

Le curé de Cucugnan

他的善良像面包，真诚如金子，坚贞般地爱着居居尼吉娜人。

每年圣蜡节的时候,普罗旺斯的诗人们都要在阿维尼翁出版一本满满全是优美诗句和动人故事的、读来令人快乐的小册子。我刚刚得到了今年的这一本,而且从中找到了一篇令人喜爱的短寓言诗。我想试着将它稍作删节,为你们译成散文……巴黎人哟,递过你们的柳条筐来。这一次我给你们端上的是普罗旺斯精白面粉……

教士马丁是本堂神甫……居居尼昂的。

他的善良像面包,真诚如金子,慈父般地爱着居居尼昂人。对于他来说,如果居居尼昂人稍微让他再满意一点,那么居居尼昂就是人间天堂了。可是,唉!蜘蛛在他的告解座上结了蛛网,而且在复活节的美好日子里,圣体饼也总留在他的圣体盒深处无人问津。善良的神甫心里痛苦得要死,总是请求天主大发慈悲,别让他死在把那些迷途四散的羊儿引领回羊栏之前。

不过,您将看到天主领会了他的意图。

一个星期天,念过福音书之后,马丁先生登上了讲坛。

"我的弟兄们,"他说,"随便你们相信不相信我,那天夜里,我这可怜的罪人到了天堂的大门前。

"我敲门,是圣皮埃尔给我开的门!

"'瞧!是您呀,我诚实的马丁先生,'他对我说道,'什么好风把您吹来啦?……有什么可以为您效劳?'

"'崇高的圣皮埃尔,您是掌管总账和钥匙的,但愿我不是过分好奇,您能否告诉我,天堂里有多少居居尼昂人?'

"'我没有任何拒绝您的理由,马丁先生。请坐,让我们一起来看看。'

"于是圣皮埃尔拿出他的一大本名册,打开它,戴上自己的老式眼镜。

"'让我们看一下:我们说的是居居尼昂。居……居……居居尼昂。我们要找的在这里了。居居尼昂,我正直的马丁先生,整页都是空白的。没有一个灵魂……就像火鸡里没有一根鱼骨头一样,没有一个居居尼昂人。'

"'什么!这里没有一个来自居居尼昂?一个都没有?这不可能!请您再仔细看一看……'

"'是一个也没有,圣徒。如果您认为我在开玩笑,那您

自己来看看吧……'

"'我?算了吧!'我蹬脚又拱手,大喊恕罪。于是圣皮埃尔说道:

"'请相信我,马丁先生,不必要让您这样多费心机,因为您可能会因此中风。说到底,这并非是您的过错。您看见吗,你们居居尼昂人一定应当在炼狱里受四十天苦难才行。'

"'啊!发发慈悲吧,伟大的圣皮埃尔!至少请让我去看看他们,安慰他们一下吧。'

"'我答应您,我的朋友……喏,快穿上这双草鞋,因为许多道路很差……这就好了……现在,您笔直往前走。您看见尽头那边的转弯了吗?您将会发现一扇布满黑色十字架的银门……在右手边……您然后敲门,会有人替您打开……再见!愿您健康并快乐。'

"于是我走啊……我走啊!有多艰难呀!只要想起这段路,我就不寒而栗。一条荆棘丛生、铺满闪闪发光的红宝石和爬满嘶嘶发响的毒蛇的小道引我到了银门。

"嘭!嘭!

"'谁在敲门?'一个嘶哑而悲伤的声音问道。

"'是居居尼昂的神甫。'

"'……从哪儿来?'

"'从居居尼昂。'

"'啊!……请进。'

"我走了进去。一个又高又美的天使长着夜色一样的黑翅膀,身穿太阳一样光辉璀璨的长袍,腰带上拴着一把钻石钥匙,唰唰地正在一本比圣皮埃尔的本子还大的本子上写着……

"天使说道:'总而言之,您要什么?您求我什么?'

"'上帝的美丽天使呀,我想知道——也许我太好奇了——您这里是否有居居尼昂人。'

"'什么地方人?'

"'居居尼昂人,从居居尼昂来的人……因为我是那儿的隐修院院长。'

"'啊!是隐修院院长马丁,对吗?'

"'我愿为您效劳,天使阁下。'

"'您说的是居居尼昂……'天使打开他的大本子一页页翻起来;为了翻起来更便当,他还用唾沫沾一下手指头……他长长地叹了一口气:

"'居居尼昂,马丁先生,我们的炼狱里没有一个居居尼昂人。'

"'耶稣啊!圣母玛利亚!若瑟啊!炼狱中竟然没有一个来自居居尼昂的人!哦,伟大的天主!那么他们到底在哪儿?'

"'嗳!圣徒,他们在天堂。您还要他们在什么鬼地方?'

"'但是我就是打天堂那儿来的……'

"'您打那儿来的!……怎么样?……'

"'唉!他们不在天堂!……啊!天使的圣母啊!……'

"'您还要怎么样,本堂神甫先生!如果他们既不在天堂也不在炼狱,没有中间的地方,他们是在……'

"'圣十字架呀!大卫的儿子耶稣呀!哎!哎!这怎么可能?……难道伟大的圣皮埃尔撒了谎?……可是,我并没有听到公鸡叫呀!……哎!我们多可怜啊!如果居居尼昂人不在天堂里,我将来怎么能去天堂呢?'

"'听好,我可怜的马丁先生,既然您不惜一切代价要弄清楚这里边的奥妙,亲眼看到究竟出了什么事,那就请快从这条小路上跑去,如果您会跑的话……您将在左边看到一扇大门。您可以在那儿了解一切。上帝会保佑您的。'

"天使关上了门。

"这是一条很长的小路,铺着烧红的火炭。我摇摇晃晃地走着,好像喝醉了酒。我走一步绊一跤;浑身湿透,每根汗毛都有汗珠,而且我口渴得直喘气……不过,凭良心说,多亏善心的圣皮埃尔事先给了我一双鞋,才没有把脚烧焦。当我一瘸一拐跌跌撞撞走了相当久后,看见左手有一扇门……不,是一扇气派堂皇的大门,像一只大火炉的炉门一样微微开着。嗬!我的孩子们哪!什么场面!在那儿,没有人问我的姓名；在那儿，根本用不着登记。大家从洞开的大门成群结队地进去，我的弟兄们哪，就像星期天你们进小酒馆一样。

"我一身大汗淋漓，但是我冻僵了，我直打寒战。我的头发都竖起来了。我闻到肉身烧焦的味道，有点像我们居居尼昂的铁匠埃卢瓦在给一匹老驴子钉铁掌时的气味。我在这又腐臭又闷热的空气里喘不过气来。我听到一阵可怕的吵闹声、呻吟声、号叫声和诅咒声。

"'嘿！你到底进还是不进？说你哪！'一个头上长角的恶魔用铁叉戳着我说。

"'我，我不进去。我是上帝的朋友。'

"'你是上帝的朋友……啐……癞痢头！你上这儿来干什么？'

"'我来……啊！请不要这样对我讲话，我的腿都要支持不住了……我来……我从很远的地方来……恭敬地请教您……是否……是否……万一，您这里有……个把、个把居居尼昂人……'

"'啊！上帝的灵感！你这家伙，装什么傻，好像你不知道所有居居尼昂人全在这里。瞧，丑乌鸦，看吧，你会看到我们是怎样收拾他们的，那些出了名的居居尼昂人……'

"于是，在一团恐怖的熊熊烈火中，我看见了：

"那贫嘴的戈克—加利纳，我的弟兄们，你们大家都认识他，这戈克—加利纳经常喝得醉醺醺的，经常狠狠地责骂他可怜的克莱隆。

"我看见了卡塔莉奈……这小娼妇……脸朝天地……独自睡在谷仓里……你们记得我说过的许多怪事！……算了，我已经说得太多了。

"我看见了帕斯卡·杜瓦德布瓦，他偷朱利安先生的油橄榄给自己榨油。

"我看见了拾麦穗的女人巴贝，她为了快一点捆自己的麦捆，就在拾麦穗的时候，大把大把地从麦垛中掏。

"我看见了格拉巴西农场主，他正在专心地给独轮车的轮子加油。

"还有多芬娜，她把自己的井水卖高价。

"还有托尔蒂亚，每当他碰见我佩戴着仁慈上帝的圣像时，总是扬长而去，头戴扁平软帽，嘴角叼着烟斗……骄傲得如同古伊朗摄政官阿尔邦达似的，好像他碰见的是一只狗。

"还有古洛和他的老婆泽特，还有雅克，还有皮埃尔，还有托尼……"

又惊又怕的听众们面无人色地呻吟起来，他们看见了在一览无余的地狱中的父亲和母亲、祖母和姐妹……

仁慈的神甫马丁接着说道："你们都深切地感受到了，我的弟兄们，你们都深切地感受到事情不能再这样继续下去。

我负有拯救灵魂的责任，而且我愿意，我愿意把你们从深渊中拯救出来，可现在你们正冒冒失失地栽到那里头去呢。我明天就开始工作，不能比明天更晚。这工作我一定要做！此刻我就着手。为了一切都正常进行，就必须一切都照程序去做。我们来排好次序，就像在容基耶尔跳舞时那样。

"明天星期一，我听老公公和老婆婆忏悔。这是小事一桩。

"星期二，轮到孩子们。我很快能做完。

"星期三，轮到小伙子和姑娘们。这事可能拖得较久。

"星期四，成年男子们。我们花短一些时间。

"星期五，成年妇女。我会说：没有麻烦！

"星期六，轮到了磨坊老板！……为他一个人花一天时间不算多……

"最后，如果我们在星期天结束，我们就将是非常幸福的人了。

"你们都看见了，我的孩子们，麦子熟了，就应当收割；酒酿好了，就应当喝掉。现在是内衣脏了，就要把它洗掉，而且要好好地洗。

"这就是我祝愿你们受到的上帝恩赐。阿门！"

说做就做。大家把碱水浇到衣服上。

从这令人难忘的星期日起，居居尼昂的美德芳泽名扬方圆几十里。

而这位善良的教士马丁先生幸福和满心喜悦地在一天夜里梦见有一群羊跟着他,排成光彩夺目的队列,在点燃的大蜡烛和缭绕的烟云中,由儿童唱诗班的感恩赞美歌声伴随走向上帝所在圣地的光明大道。

以上就是居居尼昂的本堂神甫的故事,完全是伟大的奥克语作家鲁马尼耶[1]吩咐我说给你们听的,而他又是从另一个好伙伴那里听来的。

---

1 鲁马尼耶(Joseph Roumanille,1818—1891),法国作家,用奥克语写作。著有《普罗旺斯故事集》,是主张用奥克语写作的菲列布里什文学流派的创始人。

老人

Les vieux

还有一股香柠檬的幽香从打开的大衣橱相大叠大叠的发黄衣服中散发出来……这真太迷人了。

"是一封信吗,阿桑老爹?"

"是的,先生………这信从巴黎寄来。"

对于信从巴黎寄来这件事,这个老实的阿桑老爹觉得非常得意……我可得意不起来。某种感觉告诉我,这么大清早突如其来的一封巴黎信件落到我的书桌上,是要让我浪费整整一天的。我没有搞错,不信您请看:

> 你一定得帮我一个忙,我的朋友。你把磨坊关上一天,然后立刻到埃吉耶尔去……埃吉耶尔是离你家三四法里的一个大市镇——就权作一次散步吧。一到那边,你就打听孤女修道院。修道院后的第一座房屋是矮矮的,灰色百叶窗,后面带一个小小的院子。你不用敲门走进去——那门一直开着的——一边走一边要大声叫喊:"大家好,好心的人们!我是莫里斯的朋

友……"这时候,你会看见两个矮小的老人,噢!真的很老很老,垂暮之年了,他们从深埋自己的扶手椅里向你伸出双臂;而你就代表我真心诚意地拥抱他们,他们也像你的长辈一样。然后你们聊聊,他们一定会对你谈到我,也就是谈谈我;他们会对你讲述千百种荒唐事,你听了并不会笑……你不会笑的,是吗?他俩是我的祖父母,这两个人是我的全部生命所在,而且已经有十年没有见到我了……十年,真久啊!但你要我怎么样?我被巴黎拴住了;而他们是龟鹤遐龄……他们老成这样了,如果来看我,也许会倒在路上……幸好,你在那边,我亲爱的磨坊主人,再说,在拥抱你的时候,这两个可怜的人会想到跟拥抱我本人差不多……我过去经常向他们讲起我俩和我俩之间的深情厚谊……

魔鬼才跟他有深情厚谊! 正巧这天上午天气非常宜人,不过要在路上奔走却一点也不值得。密斯脱拉风太大,阳光也太猛,是一个真正的普罗旺斯白昼。当这封该死的信件送到时,我已经在两块岩石之间选好了向阳避风的地方。我渴望像一条蜥蜴在那里待上一整天,一边倾听松林风涛,一边尽情痛饮灿烂阳光……然而说到底,又有什么办法呢?我嘟嘟囔囔着关好磨坊,把钥匙塞进猫洞下面,带上手杖和烟斗,这就出发了。

我在近两点时抵达埃吉耶尔。村子里空荡荡的，大家都下地去了。在林荫大道旁蒙着一层白色尘土的榆树枝间，知了像在克罗平原上一样地鸣叫不息。村政府的广场上有一头驴子在晒太阳，一群鸽子在教堂的喷水池上空飞翔，但没有人可以为我指点女孤儿院的地址。幸好有一个在自家门前蹲着纺纱的善心老大娘出现在我面前。我告诉她，我找什么，这位年迈的仙女真是法力无边，她只举了一下她的纺锤，孤女修道院立刻像变魔术似的矗立在我面前了……这是一座黑色的毫无生气的大宅院，在尖拱形的门楣上傲然显示出周围有几个拉丁文词的红色粗陶十字架。在这所宅院边上，我发觉了另一所较小的房屋，灰色的百叶窗，一个后院……我立刻就认准了，于是我没有敲门就走了进去。

我一生都会回忆起这阴凉安静的长廊，刷成粉红色的墙壁，通过浅色门帘在深处摇曳不定的小花园，各面面板上画的鲜花和提琴都已褪了颜色。我似乎觉得自己来到了某位上一代大法官的家里……在过道尽头的左边，通过一扇半开的门可以听到一架大钟的嘀嗒声以及一个孩子的念书声，她像小学生一样按音节一字一停地念着："这、时、圣、伊、雷、内[1]、叫、起、来、我、是、主、的、麦、粒、应、该、被、这、些、野、兽、的、牙、咬、碎。"我轻手轻脚地走近这扇门，我朝里望去……

---

[1] 圣伊雷内（Saint Irénée，约 130 — 202），公元二世纪的里昂大主教。

在一间冷清而若明若暗的小卧室里，一个脸颊红润，连手指尖都起了皱纹的和气老头深埋在扶手椅里睡着了。他的嘴张开着，双手放在膝盖上。在他脚边，一个穿蓝衣服——其实是宽大的斗篷和小修女帽的孤女装——的小女孩正念着一本比她的人还大的书里的圣伊雷内传……神奇的朗读使整个房间产生了变化。老人在扶手椅里睡着了，苍蝇在天花板上睡着了，一对金丝雀在那窗上的鸟笼里睡着了。大钟在嘀嗒嘀嗒地打鼾。整个卧室里，只有一长条白晃晃地从百叶窗缝里直射进的阳光是醒着的，当中满是活蹦乱跳的火星和微型的华尔兹舞蹈……在昏昏沉沉的气氛里，孩子继续用严肃的神情念着："立、刻、有、两、只、狮、子、朝、他、扑、去、把、他、吞、了……"我正在这时走了进去……即使是吞吃圣伊雷内的狮子冲进卧室也不会像我那样引起惊愕。真是戏剧性的冲击！小女孩发出一声惊叫，大书落在地上，金丝雀和苍蝇醒了，时钟敲响了，老人不知所措地猛然跳起身来。我自己则有点局促不安地停步在门槛上高声喊道：

"大家好！好心的人们！我是莫里斯的朋友。"

噢！这时，如果您能看见他，这个可怜的老人就好了。您看见他伸出双臂朝我走来，拥抱我，紧握我的手，发疯似的在房间里跑来跑去，一边嘴里念念有词："我的天主呀！我的天主！"

他脸上的道道皱纹都在笑。他满脸通红。他结结巴巴地说着：

"啊！先生……啊！先生……"

他朝里间走去，嘴里喊叫：

"玛梅特！"

一扇门打开了，过道上一阵老鼠般的小跑声……这是玛梅特。没有什么比得上这个小老太太的漂亮：她头戴大蝴蝶结无边软帽，身穿圣衣会修女长袍，按照古老的习俗为了向我致意而在手上拿了她的绣花手帕……情形令人感动！他们彼此很相像。老头若有装饰物和黄蝴蝶结，他也可以叫作玛梅特。只不过真正的玛梅特一生中大约流过更多眼泪。她比另一个皱纹更多。和她男人一样，她身边也有一个孤儿院的孩子。这个小保姆身穿蓝色斗篷，从来不离女主人左右。看到这两个老人受到孤女的保护，真是再令人感动不过了。

玛梅特一进门就忙不迭地开始对我行屈膝大礼，但老头一句话就打断了她的屈膝礼仪：

"他是莫里斯的朋友……"

她立刻就浑身颤抖，哭着，手帕掉在地上，满脸变得通红通红，比老头还红……这对老人啊！血管里只有一滴血，稍一激动，这滴血就涌到脸上了……

"快，快，搬一把椅子……"老太太对小孤女说。

"把百叶窗打开……"老头对自己的小姑娘叫着。

他们每人拉住我的一只手，快步小跑地把我领到窗边，为了要好好看我,窗子开得很大。扶手椅都搬过来了,我坐在两个老人中间的一把折椅上,两个身穿蓝衣的女孩站在我们身后,于是盘问就开始了。

"他身体好吗?他做什么工作?他为什么不来?他高兴吗?……"

唠叨个没完!唠叨个没完!就这样盘问了几个钟头。

我尽可能详细地回答他们的问题,提供我了解的一切有关我朋友的细节,又不怕害臊地胡编了我不知道的细节,特意避免承认我从没注意过他是否关窗,或者他卧室里的墙纸是什么颜色。

"他卧房里的墙纸嘛!……是蓝色的,夫人,浅蓝色的,带点花饰……"

"真的吗?"可怜的老太太深受感动,又转身朝她的丈夫补充了一句:

"他真是一个乖巧的孩子!"

"噢!是的,他是一个乖巧的孩子!"另一个兴奋地附和说。

而在我说话的所有时候,他们俩互相点头,会心地微笑,眨眨眼睛,现出狡黠的神态,再不然就是老头凑近我说:

"讲得再响一点……她的耳朵有点背。"

而她在另一边也说:

"再大声一点,我求您了!……他听不太清楚……"

于是我提高了嗓门,他俩微笑着向我表示感谢。为了在我的眼神深处寻找他们的莫里斯的形象,他们带着淡淡的微笑俯向我,而我,十分感动地在他们的微笑里重新发现了朋友那隐约模糊的、几乎很难觉察的形象,就像我见到了我的朋友在遥远的浓雾里正对我微笑。

突然,老头从扶手椅上立起身来:

"我想起来了,玛梅特……他也许还没吃过午饭呢!"

玛梅特不知所措地朝天伸出双臂:

"没有吃过午饭!……上帝啊!"

我以为他们还在谈及莫里斯,正要回答说这个乖巧的孩子从来过午不吃中饭的。然而不是的,他们说的是我。当我承认肚子还是空的,真该瞧瞧那一阵子忙乱。

"快摆餐具,穿蓝衣的小姑娘们!用卧室中央的那张桌子,铺上礼拜天的桌布,用花盘子。请别光顾着笑!我们手脚都快一点……"

我相信她们是急得很的。刚刚不过打碎三只盘子,午饭就准备停当了。

"一顿可口的家常便饭!"玛梅特领我到餐桌旁,"只是您一个人吃……我们在早晨都吃过了。"

这些可怜的老人!不论在几点钟撞见他们,他们总是早晨吃过了。

玛梅特的这顿可口的家常便饭，是一丁点牛奶、一些椰枣、一块船型小松糕之类的东西，这些东西够她和金丝雀吃上一个星期……而我却一个人就把这些食物吃个精打光！……因此，饭桌周围是何等的愤怒！穿蓝衣服的一面用臂肘搡来搡去，一面窃窃私语；而那鸟笼里的金丝雀的神气似乎互相在说："噢！这位先生居然吃下一整块船型松糕！"

事实上，我把所有东西全吃了，而且自己几乎还未觉察，因为我忙于观察我的周围，在这间明亮而静谧的卧室里飘拂着像古代事物的气味……有两张小床特别牢牢地吸引住了我的目光。这两张床几乎像摇篮，我能够想象得出每天清晨流苏大帐罩着它们的情景。钟敲三点。这是所有老人都要醒来的时刻。

"你还睡着吗，玛梅特？"

"没有，我的朋友。"

"莫里斯是个乖巧的孩子，对不？"

"噢！当然对，他是个乖巧的孩子。"

而我想象这一段完整的交谈，只是由于我看见了老人们这两张小床并排摆靠着……

这时候，在卧室另一头的大橱前面发生了可怕的场面。在那最上面的一层搁板上有一瓶烧酒浸樱桃，为莫里斯存放了十年之久，现在他们想去取下为我打开。不顾玛梅特的苦苦相劝，老人坚持要亲自去拿他的樱桃。他在妻子的担惊受怕中爬上一把椅子，试着去够那上面……您现在看得见这样的画面了，老人颤颤抖抖地朝上攀，两个穿蓝衣的小姑娘紧紧扶住他的椅子，玛梅特在他身后气喘吁吁，张开双臂。除了这个景象，还有一股香柠檬的幽香从打开的大衣橱和大叠大叠的发黄衣服中散发出来……这真太迷人了。

经过了相当艰苦的努力之后，他终于从大衣橱里取出了这只了不起的大口瓶，以及一只表面凸凹不平的旧银杯，这是莫里斯小时候用过的。他们为我把樱桃在这只银杯中装得满满的，莫里斯可爱吃这种浸酒樱桃了！老头一面给我吃，一面以美食家的神气在我耳边说道：

"您能吃到这樱桃，您呀，真是太幸福了！……这是我妻子做的……您会品尝到精彩东西的。"

唉！这些浸酒樱桃是他妻子做的，但是她忘了放糖。您又有什么办法呢！人一老就会变得走神。我可怜的玛梅特，您的樱桃真是难以下咽……但这并不妨碍我把它们吃得一粒不剩，连眉头都不皱一下。

吃完这顿饭，我起身向主人们道别。他们倒真的希望再留我一会儿，以便谈谈那位乖巧的孩子，但太阳下山了，磨坊离得远，该动身了。

老头和我同时站起身来。

"玛梅特,我的礼服!……我要送他到广场上。"

玛梅特肯定在心底里认为天气有点凉了,送我到广场有所不便;但她一点也没有流露出这种想法。只是在她帮老头套上那件西班牙烟草色钉螺钿扣的漂亮礼服的袖子时,我听见这个可爱的女人轻声对他说:

"你不会回来太晚吧?对吗?"

他却稍带顽皮的神气说:

"嗳!嗳!……我不知道……也许……"

这么说着,他们互相看着笑起来。见他们笑,两个穿蓝衣的小姑娘也笑了;而一对金丝雀也在自己的角落里学他们的样子笑着……你我之间说说,我觉得空气中弥漫的樱桃的气味使他们都有一点飘飘欲醉了。

……当老爷爷和我一起出门时,夜幕降临了。那个穿蓝衣服的小女孩远远跟着我们,准备领他回家。但是老头并没有看见她。他像个男子汉一样靠着我的手臂十分自豪地迈着步子。容光焕发的玛梅特从家门口看着这一切,她望着我们,优雅地点着头,似乎在说:"还是老样子,我可怜的男人!……他还能走。"

散文叙事诗

Ballades en prose

在以雾凇挂成流苏的大片松林和像一束束
盛开的水晶花的薰衣草丛中间,
我写下这两篇略带日耳曼幻想的叙事诗。

今天早晨一开门，我磨坊的四周是一片白色浓霜。野草晶亮，像玻璃一样噼啪作响，整座山冈摇曳着……只有一天，我心爱的普罗旺斯就打扮成了北国风光。在以雾凇挂成流苏的大片松林和像一束束盛开的水晶花的薰衣草丛中间，我写下这两篇略带日耳曼幻想的叙事诗。这时候，寒霜为我送来白色的闪光，头顶上，在清朗的天空中，从亨利希·海涅故乡飞来的鹳鸟排成巨大的人字形朝卡马尔格地区落下，一面叫着："天冷了……冷了……"

一、王储之死

小王储病了,小王储将要死了……在王国的所有教堂里,圣体日日夜夜供奉着,大蜡烛为祝愿王国太子的康复而高烧着。古老的豪华住宅区内街道凄凉寂静,钟不再敲,车子走得慢慢腾腾……在宫殿边上,好奇的市民们隔着铁栅栏望着身披甲胄的侍卫们在院子里神色庄重地交谈。

整个城堡惊恐不安……内侍们、王室管家们在大理石楼梯上匆匆地奔上奔下……长廊里挤满了丝绸礼服的青年侍从和朝廷大臣,他们一堆一堆地低声打探消息。在宽阔的台阶上,泪流满面的贵妇们互相行着屈膝大礼,一面用漂亮的绣花手帕擦拭眼睛。

在橘园大厅里,聚集着一群群穿袍子的医生。通过玻璃窗可以看见他们挥动着黑色的长袖,道貌岸然地歪着他们锤子形的假发……小王储的太傅和马厩总管在门前逛来逛去,等待御医的决定。几个御膳房的青年厨师从他们身边走过也没有行礼。马厩总管大人像异教徒一样咒骂着,太傅阁下则背诵着古罗马诗人贺拉斯的诗句……这时候,人们听见从马厩那一边传来一声长长的哀怨马嘶。这是小王储的栗色马在空槽前伤心地叫唤,因为马夫们居然将它忘在一边了。

还有国王!国王陛下在哪儿?……国王把自己单独锁闭在城堡尽头的一间卧室里……君主们不喜欢让人看见他们哭泣……对于王后,则是另一回事了……她坐在小王储的床头,美丽的脸上泪涕纵横。她当着众人的面号啕大哭,如同一个呢绒店老板娘。

小王储双目紧闭躺在花边小床上,脸色比身下的垫子还要苍白。大家以为他入睡了;但并非如此。小王储睡不着……他朝母后转过身来,看见她在哭,对她说道:

"母后,您为什么哭呢?您确实认为我要死了吗?"

王后想要回答。但哭泣使她无法说话。

"那么您就别哭了,母后,您忘了我是王储,当王储的是不会这样死的……"

王后哭泣得更加厉害,小王储开始害怕起来。他说道:

"好啦!我不愿意死神来抓我,我也知道该怎样阻止它到达我身边……让人立刻派四十名身强力壮的雇佣兵在我床边筑成一道保卫线!……让一百门大炮日夜守卫在我的窗下,引信点着!如果死神胆敢靠近我们,就让它倒大霉好了!……"

为了讨好王储，王后做了一个手势。立刻就听见大炮轮子在院子里滚动的声音；四十名身材高大的雇佣兵手握横槊排列在卧室四周。这是一些有灰白小胡子的老雇佣兵。看到他们时，小王储拍了拍手。他认出了其中的一个，于是叫他：

"洛兰！洛兰！"

这雇佣兵朝床前跨了一步。

"我很喜欢你，我的老洛兰……亮出你的大军刀来……如果死神要来抓我，应该处死它，对吗？"

洛兰回答道：

"是，殿下！……"

而两颗很大的泪珠在他的棕褐色脸上滚下来。

这时候指导神甫走近小王储，让他看着一个带耶稣的十字，低声对他说了很多话。小王储十分惊讶地听着，然后突然打断他的话：

"我完全明白您对我所说的意思，神甫先生。但是说到底，如果我给我的小朋友贝波很多很多钱，他也不能代替我去死吗？……"

指导神甫继续低声对他说着，小王储的神色越来越惊讶了。

当指导神甫说完以后，小王储叹了口气接着说：

"您对我所说的一切都很伤心，神甫先生。但有一件事还能安慰我，就是在天上，在满天星斗的天堂里我仍旧会是一个王储……我知道仁慈的天主是我的表亲,他得掂量我的辈分吧。"

然后他朝他的母亲转过身去,补充道:

"让人把我最漂亮的礼服,我的白鼬皮紧身上衣和我的丝绒薄底浅口皮鞋取来!我要在天使面前显得勇敢,并且穿着王储的服装走进天堂。"

指导神甫第三次朝小王储俯下身去,又低声地对他说了很多话……他的长篇大论说了一半,王储怒冲冲地打断了他,高叫道:

"这么说,做一个王储也没有一点意思!"

小王储再也不愿听任何话了,他朝墙壁转过身去,伤心地哭了。

二、专员下乡

专员先生出外巡行。车夫在前，仆人在后，专员公署的敞篷四轮马车拖着他威严地去参加贡勃欧菲的地区农产品竞赛会。为了这个有纪念意义的日子，专员先生穿上了他漂亮的绣花礼服，头戴高顶大礼帽，套上镶银边的紧身套裤，佩上螺钿柄的盛典佩剑……他愁容满面地望着膝盖上搁着的一个轧花皮革的大公文包。

专员先生愁容满面地望着他的轧花皮革大公文包；他心里想着过一会儿必须要当着贡勃欧菲地区居民们的面宣读的那篇重要演说：

"先生们，亲爱的居民们……"

但是他白白捻着他金丝一般的颊髯，一连重复了二十遍：

"先生们，亲爱的居民们……"下面的演说词出不来了……这辆四轮马车里也太热了！……通往贡勃欧菲的大路在南方的阳光下尘土飞扬，望不到尽头……空气灼热……

道路两旁的小榆树沾满白色的灰尘，成千上万只知了的叫声在树上此起彼伏……突然，专员先生的心震动了一下。那边的小山坡下，他刚发现了一片绿色的小橡树林似乎在招呼他。

绿色的小橡树林似乎在招呼他。

"请到这边来吧，专员先生；为了准备您的演说，在我的树荫下您会舒服得多……"

专员先生受到了诱惑。他从四轮马车上跳下来，告诉他的侍从们等着他，说他要到那儿准备他的演说，在绿色的小橡树林里。

在绿色的小橡树林里有鸟，有紫罗兰，还有在青青草地下的泉水……当它们看见穿着漂亮的套裤、手拿轧花皮革的公文包的专员先生时，鸟儿怕得停止了鸣叫，泉水再也不敢发出响动，紫罗兰躲藏到草丛中去了……

这些小把戏全都从没见过专员，因此悄悄小声地互相打探这个穿着银色套裤的正在散步的漂亮老爷是什么人。

大家在树荫下互相悄悄小声地打探这位身穿银色套裤的漂亮老爷是什么人……这时候，专员先生对树林的幽静和凉爽感到欣喜异常，他撩起礼服的下摆，把大礼帽放在草地上，坐在一棵小橡树底下的苔藓上。然后，他打开搁在膝上的轧花皮革大公文包，取出一张大页的高级公务用纸。

"他是一个艺术家！"莺说。

"不,"灰雀说,"他不是一个艺术家,因为他穿一条银色套裤,他更该是一位王子。"

"他更该是一位王子。"灰雀重复着说。

"既不是一个艺术家,也不是一个王子,"一只老夜莺插进来说,因为它在专员公署的花园里唱了整个季节……"我知道他是谁:他是一个专员!"

于是整座小树林窃窃私语着:

"他是一位专员!他是一位专员!"

"他头发秃得多么厉害呀!"一只羽冠巨大的云雀发觉道。

紫罗兰问道:"他是一个坏蛋吗?"

"他是一个坏蛋吗?"所有的紫罗兰问了又问。

老夜莺回答:"一点都不坏!"

有了这样的保证,鸟儿又重新开始鸣唱,泉水重新流淌,紫罗兰重新散发芬芳,就像这位先生根本不在这里一样……

专员先生在这片美妙的喧闹声中镇定自若,正在内心乞求农业促进会的缪斯帮忙。他举起铅笔,开始用做典礼的嗓音朗诵道:

"先生们,亲爱的居民们……"

"先生们,亲爱的居民们……"专员先生用做典礼的嗓音说。

一阵哈哈大笑打断了他的话;他转过身来,只见一只巨大的绿啄木鸟栖息在他的大礼帽上，笑着朝他看呢。专员耸耸肩膀，想继续写他的演说；但这只绿啄木鸟还是打断他的思路，远远地对他大叫着：

"派什么用场？"

"怎么！派什么用场？"满脸变得通红的专员说。他用手势驱赶这厚颜无耻的畜生，更加起劲地重新开始：

"先生们，亲爱的居民们……"

"先生们，亲爱的居民们……"专员更加起劲地重复了一次。

但是这时候，小紫罗兰从花茎上朝他抬起身子并温柔地对他说：

"专员先生，您闻到我们发出的香味了吗？"

于是泉水在苔藓下为他奏出神奇的乐曲；在他头顶上的树枝间，一群群莺鸟为他唱着最悦耳的歌曲；整座小树林都合谋不让他写出演说稿子。

整座小树林都合谋不让他写出演说稿子……专员先生陶醉在花的芳香之中，在乐曲声里飘飘欲仙，徒劳无益地企图抵挡这些新的诱惑对他的侵袭。他把臂肘支在草地上，解开漂亮礼服的搭扣，含糊不清地又嘟哝了两三遍：

"先生们，亲爱的居民们……先生们，亲爱的居……先生们，亲爱的……"

然后，他让居民们见鬼去了；农业促进会的缪斯也只有蒙住自己脸孔的份了。

噢,农业促进会的缪斯啊,蒙住自己的脸孔吧!……

一个小时之后,当专员的仆人们为自己的主人担心而走进小树林时,他们看见了一幅使他们吓得倒退的景象……专员先生俯卧在草地上,像一个衣冠不整的浪荡子。他已经脱下了礼服……正一边咬着紫罗兰一边作诗呢。

奇贝先生俯卧在草地上，像一个成冠不整的浪荡子。

比克修的公文包
Le portefeuille de Bixiou

"为艺术!为文学!为新闻出版!干杯!"

十月的一个早晨,在我离开巴黎前几天,当我正在吃早饭的时候,一个老头来到了我的家。他穿一件磨破的礼服,外八字脚,泥浆满身,脊柱低弯,像一只脱毛的白鹭,全身在长腿上哆嗦着。这是比克修。对,巴黎人啊,这就是你们的比克修,残酷而有魅力的比克修。十五年来,这个狂热的爱讽刺挖苦的人用他抨击性的小册子和辛辣的讽刺使你们开怀大笑……啊!不幸的人,如今多么困顿呀!要不是他在进门时装出的怪相,我也许认不出他来。

他的脑袋歪向一边肩膀,手杖咬在嘴上,像吹一根单簧管,这个出名而又凄凉的大活宝一直走到我的房子中间,扑向我的餐桌,用痛苦的声音说道:

"对一个可怜的瞎子发发慈悲吧!……"

以为他模仿得如此逼真,我禁不住笑了。但是,他却很冷淡地说:

"您以为我在开玩笑……看看我的双眼吧。"

于是,他把一对白而无光的大瞳孔转向我。

"我瞎了,亲爱的朋友,一辈子永远都是瞎子了……这就是我用硫酸墨水写作的结果。我为这逗人的行当烧坏了自己的眼睛,但是烧得太深了……直烧到底部!"他补充了一句,并把他烧灼的眼皮给我看,那上面一根睫毛也不剩。

我感慨万千,找不出什么可以回答他。我的沉默使他不安:

"您在工作吗?"

"不,比克修,我正吃饭。您也想来点吗?"

他没有回答,但从他鼻孔的颤动中我看出他非常愿意接受我的建议。我拉住他的手,让他坐在我身边。

当给他端上饭食时,这可怜的家伙带着一丝笑意嗅了一嗅:

"这一切都很香。我要好好款待一下自己,我已经很久没有正经用餐了!每天早晨买一个苏的面包就朝各个部里跑……因为,您知道,现在我在各部奔走,这成了我唯一的职业。我想弄一间烟纸店……您还想怎么样!要一家子有饭吃。我再也不能画,再也不能写了……口述吗?……但能讲些什么?……我的脑子里空空如也;我什么也编造不出来。我的工作以前是观察巴黎的众生相并把它描绘出来,现在再也没有办法了……因此,我想搞一间烟纸店,当然,不是开在林荫大道上的。我无权获得这种优待,我既不是舞蹈家的母亲,也不是高级军官的遗孀。不!只要简简单单的一间外省的小店,偏远一点,在孚日山脉的一角。我将口衔一个大瓷烟斗;名字改叫汉斯或泽贝代,就像是艾尔克曼-沙特里昂笔下的人物,我要用同时代人的著作做卷烟纸,来安慰自己不再写作的苦闷。

"我要求的就这些。没什么大不了,对不?……然而要办到也很棘手……照理说,我各方面的支持也该是不缺的。我也曾经风头十足。我在元帅、亲王和部长们家里都吃过饭。这些人希望我在场是因为我使他们快乐,或者是他们怕我。目前,没有一个人怕我了。噢,这都怪我的眼睛,我可怜的眼睛啊!没有任何地方来邀请我了。一个瞎子坐在餐桌边是多么令人伤心啊。请递给我一块面包……啊!这些强盗们,他们还要我为这倒霉的烟纸店付出昂贵的代价。六个月来,我带着请求书跑遍了所有部门。清早,我在人家生火炉或在院子的沙地上遛部长阁下的马的时候就到了;我只有到夜里才离开,那时人家已经掌灯或厨房里开始飘香了……

"我的所有时间都打发在一些接待室的木柜上了。因此,那些传达员都认识我,嘿!在那里面,他们都叫我:'这位俏皮先生!'我呐,为了得到他们的关照,就做些一语双关的文字游戏,或者在他们的吸墨水纸一角画一笔大胡子来逗他们笑……这就是我二十年引人注目的成就之后的结局,这就是一个艺术家一生的结局!……据说在法国有四万个小家伙对我们的职业垂涎欲滴呢！据说每一天，在每一个省都有行驶的火车头为我们运来一车车酷爱文学和印刷事业的傻瓜蛋！……啊！爱浪漫幻想的外省人，不知比克修的贫困能否作为你的教训！"

说到这里，他把鼻子伸进盆子里开始一言不发地狼吞虎咽起来……看见他这个样子真让人动了恻隐之心。每一分钟，他都要失落面包、叉子，摸索着去找杯子。可怜的人啊！他还没有习惯。

过了一会儿，他接着说：

"您知道，对于我还有比这个更可怕的事吗？这就是我再也不能读报了。只有干这一行的人才能理解这一点……有几次，我在傍晚回家时买一份报纸，那只是为了闻闻纸上油墨未干和新鲜消息的味道……真香啊！但没有一个人为我读报！我妻子完全可以念，但她却不愿意——她硬说在社会新闻栏里发现许多不适宜的东西。啊！这些往昔的情妇们，一旦结了婚，就没有比她们更装正经的女人了。自从我使她变成比克修夫人后，她就自认负有变成虔诚教徒的义务，但却走向极端！……难道不是她不愿意用萨莱特[1]的圣水来擦洗我的眼睛吗？！此外，圣餐、布施、圣婴、中国儿童，我还

---

[1] 萨莱特（Salette），朝拜圣地，传说1846年有两个青年牧人在此见到圣母显灵。

知道些什么？……我们身陷慈善事业的汪洋大海……给我读报也能算得上是一桩善举啊。可是，不，她不肯……如果我的女儿在我们身边，她是会读的，但自从我成了瞎子，我就把她送进了艺术圣母院，为的是少一张嘴吃饭……

"我的女儿还是一个给我带来快乐的人！她来到人世还不足九年，但她已经百病缠身……愁苦，又丑，比我还丑，如果能这么说……一个丑八怪！……您又有什么办法！我从来只知道讽刺……啊，就这个！但我是好心对您讲述我家庭的情况的。这对您又有什么用处呢？……来，再给我一小杯这种白酒。我该进行工作了。从这里出去，我还要去教育部。那里的传达员从来不轻易露出笑容的。他们全是过去的老学究。"

我给他斟了一杯白酒。他十分感动地开始小口小口品尝起来……突然，我不知道是什么奇怪的念头刺激了他，他立起身，手上端着酒杯，把瞎眼蝰蛇般的头朝自己四周转了一圈，带着准备讲话的重要人物的亲切微笑，然后，一声刺耳的尖叫，像在一个两百人的宴会上致辞那样：

"为艺术！为文学！为新闻出版！干杯！"

这是一篇十分钟的祝酒词，也许是从这小丑的脑瓜里产生出来的最疯狂最精彩的即兴演说。

您可以设想一篇题为《一八六……年文学道路》的总结回顾，我们所谓的文艺集会，我们的连篇废话，我们的无聊争论,所有荒唐世界里的可笑事件,混蛋墨客,猥琐的地狱。在那里,人们互相掐脖子,挖心肺,互相拦路抢劫;在那里,人们比小市民还更多地谈论利益和金钱,这一切并不比别处能少让人饿死。我们的种种卑鄙无耻,种种不幸;东波拉的老男爵T……托着木碗,穿着皮条客的衣服在杜伊勒利公园里"尼亚……尼亚……尼亚……"地叫着。此外,这一年里的死人,公布的葬礼,代表先生的悼词总是老一套:"亲爱的悲切怀念的!可怜的亲人!"而对这不幸死者说这话的同时却拒付丧葬费用。还有那些自杀者、精神失常者。您只要设想这些所提及的,指手画脚详细描绘的都出自一个天才的怪客,那么您就对比克修的这篇即兴演说略知一二了。

说完祝酒词,喝干了这杯酒,他问了我时间就走了。他一副凶相,也没有对我说句道别的话……我不知道教育部部长迪律伊先生的传达员们这天早上怎样接待他的来访。但我,在这个使人受不了的瞎子离开以后,却感到一生中从未有过的悲伤和痛苦。我的墨水瓶使我厌恶,我的笔使我反感。我真想远远地离开,奔跑一气,看看树木,闻闻芳香的东西……什么样的仇恨啊!上帝!多么刻毒!有什么必要诽谤一切,污蔑一切!啊!卑鄙无耻的小人!

我怒气冲冲地在房间里大步来回,脑子里一直想着他对我说起他女儿时的讨厌的冷笑。

突然,在靠近瞎子坐过的椅子旁边,我觉得有什么东西在我脚下滚动。我弯下身子,认出是他的公文包,一个发亮的大公文包,四角已破。这个被他戏称为毒液袋的公文包从不离他的身边。在我们的圈子里,这个袋子和著名报人吉拉尔丹先生的著名文件夹一样声誉卓著。大家都说那里面有可怕的东西……机会难得,我可以来证明了。这个鼓鼓囊囊的旧公文包在着地时绽开了,所有的纸张散落在地毯上,我需要把它们一张张捡起来……

一扎写在印花纸上的信件全是这样开头:我亲爱的爸爸。而落款总是:塞莉纳·比克修于圣母会。

有不少治儿童疾病的旧处方:窒息性喉炎、小儿惊厥、猩红热、麻疹……(可怜的小女孩一样毛病也没幸免!)

最后是一个蜡封过的大信封,像从小女孩的便帽里一样从中露出两三缕黄色的鬈发;而在信封上,是一种瞎子用颤颤抖抖的大字书写的笔迹:

塞莉纳的头发,剪于五月十三日进会的日子。

这就是比克修公文包里装的东西。

巴黎人啊,你们全是一路货色。厌恶、讥讽、狞笑、无事生非,而最后却落得……塞莉纳的头发,剪于五月十三日。

最后是一个拆封过的大信封，像从小女孩的便帽里一样从中滑出两三绺栗色的鬈发。

金脑人的传说
—— 献给需要听快乐故事的夫人

La légende de l'homme à la cervelle d'or
A la dame qui demande les histoires gaies

夫人，奉读大札，我深感内疚。我后悔我的那些故事色彩有些过于悲哀；因而，我决心今天为您奉献某些欢乐的、极其欢乐的东西。

说到底，我为什么要忧愁呢？我生活在一个充满鼓乐和麝香葡萄酒的地方，这儿离巴黎的浓雾有千里之遥，是一座阳光明媚的山冈。我家四周全只是阳光和音乐。我有好几支白尾鸟的大乐队、山雀的合唱团。早晨，鹬鸟"咕儿利！咕儿利！"地叫；中午知了声一片，然后还有牧人吹着短笛，美丽的棕色头发的姑娘们在葡萄园里欢笑……事实上，到这里来忧心忡忡真是选错了地方。我本该给夫人们寄去玫瑰色的诗篇和满筐满筐的风流韵事的。

然而，错了！我离巴黎还是太近。每天，巴黎都把它的伤心凄惨的苦水一直送到我的松树林里……就在我写这几行字的时候，我刚获悉可怜的夏尔·巴尔巴拉[1]惨死了；因而我的磨坊一片哀痛。永别了，鹟鸟和知了啊！我再也没有心思来接受任何欢乐的东西……夫人，这也就是为什么虽然我已答应为您写个轻松有趣的故事，但今天您仍然还是得到一则令人伤感的传说。

从前有个男人的脑子是金子做的；对，夫人，脑浆完全是黄金的。当他出世的时候，医生们都认为他活不了，因为他的脑袋太重，颅骨异乎寻常。但是他活下来了，像一棵美丽的橄榄树一样在阳光里长大了。只是他巨大的脑袋总是拖累他。看见他迈步时撞着所有的家具，真是于心不忍……他经常摔倒。一天，他从高台上滚下来，让额角撞在大理石的台阶上，颅骨发出了金锭一样的响声。大家以为他死了；但扶起他来一看，只发现一点轻伤，流出两三小滴黄金的液体凝结在他的金色头发间。父母就是根据这一点知道孩子的脑浆是黄金做的。

事情被保密了。可怜的小家伙本人也没有丝毫怀疑。有时，他问为什么不再让他在门前同街上的小男孩们一起奔跑。他的母亲回答他说："人家会把你骗走的，我的心肝宝贝！"

于是小家伙非常害怕被人骗走。他回家一个人独自玩，

---

[1] 巴尔巴拉（Charles Barbara, 1817 — 1866），法国作家，1866年跳楼自杀。

什么话也不说，从一间房子走到另一间房子……

直到十八岁时，他的父母才把他从命中得来的巨大馈赠对他点明。因为父母把他培育扶养到这么大，所以要求他拿出一点金子来回报。孩子毫不犹豫立刻就照办了。怎样？用什么方法？传说里没说到这一点。他从颅骨里拔出一块实心的金子，像核桃大小的一块，骄傲地扔在他母亲的膝盖上……然后，脑袋里装着的财富使他得意忘形，欲望令他疯狂，权力使他陶醉；他离开了父母的家，到外面的世界去挥霍他的财宝了。

从他奢侈豪华的生活排场和挥金如土来看，人们似乎会说他的脑浆是取之不尽、用之不竭的。然而，它还是慢慢枯竭了，而且人们逐渐看到他的双眼暗淡无光起来，脸颊也变得凹陷下去。终于有一天，在疯狂地吃喝玩乐之后的清晨，这个不幸的人独自留在筵席的残杯冷炙之间，在暗淡下去的分枝吊灯灯光下。他已经对自己金锭上的巨大缺口感到恐惧，到了悬崖勒马的时候了。

从此时起，是一种新的生活方式。金脑人离群索居，亲手劳动，像吝啬鬼一样多疑和惶恐不安，逃避一切诱惑，尽量让自己忘掉他不愿再取用的灾难性的财富……不幸的是有一个朋友在他孤独时曾经跟随过他，而这个朋友知道他的秘密。

一天夜里,这可怜的人因为一阵头上的疼痛而猛然惊醒过来,这阵疼痛十分可怕。他昏乱地坐起来,看见他的朋友正在月光下逃跑,一边往外套里藏匿什么东西……

他的脑浆又被人掏走了一些!……

又过了一些时候,金脑人坠入情网,这一次才一切都完了……他诚心诚意地爱上一个年轻的金发女郎;她也同样爱金脑人,但更喜爱装饰用的绒球、白羽毛和沿着她靴子上下跳动的美丽的金褐色流苏。

在这个半是小鸟半是玩偶的女娇娃手中,枚枚金币流失了也是一种快乐。她心血来潮,反复无常;而他只知百依百顺,甚至为了怕她烦恼,他对她也一直隐瞒着自己财富的可悲秘密。

"这么说我们还是挺有钱的?"她说道。

可怜的男人回答:

"噢!对……挺有钱的!"

他爱意绵绵地朝并非有意吃他脑袋的小青鸟微笑着。不过有时候他也感到害怕,想变得吝啬一些;但这时候小女子跳跳蹦蹦地朝他走过来对他说:

"我的丈夫,您可是很有钱的!给我买一些非常贵重的东西吧……"

于是,他就给她买一些非常贵重的东西。

这样的日子继续了两年。然后,一天早上,小女子像只

鸟儿一样不知什么原因死了……宝库差不多用完，但鳏夫用自己还留下的一点积蓄为心爱的亡妻举行了一个体面的葬礼。钟声乱敲，沉重的四轮豪华大马车披着黑纱，马用羽毛束装饰，丝绒上缀着银珠，没有一样东西在他眼里显得过分招摇。现在他的金子对他还有什么意义呢？……他把金子送给教堂，送给搬运灵柩的工人，送给卖不凋鲜花的女商贩：就这样，他每到一处见谁给谁金子。

因此，当他走出公墓时，除了在脑壳内壁上还勉强沾着一些金子，他那神奇的黄金脑浆已经几乎用尽了。

于是大家看见他像一个醉汉一样神思恍惚双手朝前踉踉跄跄地在街上行走。晚上，百货商店的灯光亮了，他在一个宽大的玻璃橱窗前停下，那里面陈列的衣料和饰品在灯光下闪闪发亮。他在那儿待了很久，看着一双用天鹅的绒毛镶边的蓝缎靴子。他微笑着想道："我知道这双靴子会让一个人高兴。"他竟然不记得那个小妇人已经死去，他进店去买靴子。

女商人在商店后间听见了一声高喊。她奔了出来又吓得直往后退，因为她看见一个男人斜靠在柜台边站着，正用发呆的神气痛苦地望着她。这男人一手拿着一双天鹅绒镶边的蓝靴子，另一只手满是鲜血，手指尖上有一些刮下来的金子碎屑。

夫人，这就是金脑人的传说。

尽管这故事的情况难以置信，但这个传说从头至尾都是真实的……在世上，有一些可怜的人命中注定以他们的脑力为生，付出精髓和脑汁这样的上等纯金，得到的却只是生活中最微不足道的东西。这对于他们是每天的痛苦，然后，当他们厌倦了受苦……

诗人米斯特拉尔

Le poète Mistral

在普罗旺斯语濒临灭绝的状态下，他发掘自己的母语并用于写诗……

上星期日，我起床的时候以为自己是在巴黎的福布尔－蒙马特尔大街上醒过来的。下着雨，天灰蒙蒙的，磨坊显得阴暗。我害怕在自己家里度过这样一个冷清的雨天，于是立刻有个念头，要到弗雷德里克·米斯特拉尔[1]身边去，让自己稍微振作起来。这位大诗人住在离我的松树林三法里远一个名叫马亚纳的小村子里，那里是他的出生地。

说走就走：带一根香桃木手杖、一本蒙田的著作、一件雨披，上路了！

田野上人影全无……我们美丽的信奉天主教的普罗旺斯星期日让土地休息……狗独自留在家里，所有的农场都关了门……远远地，一辆运货大车的防雨篷淌着水，一个戴风帽

---

[1] 米斯特拉尔（Frédéric Mistral, 1830—1914），法国作家，以普罗旺斯方言写作。1904 年诺贝尔文学奖得主。

的老女人裹着枯叶色的披风，几匹骡子都是节日盛装打扮，蓝白两色草编的鞍褥、红色的绒球、银色的颈铃，一溜小跑地拖着一车村民去做弥撒。然后，那一边，透过雾霭可以望见河上有一艘小船，一个渔夫站在船上正撒出渔网……

这一天，我在路上根本无法看书。大雨倾盆，北风把满桶的雨水朝你脸上浇来……我急匆匆地赶路，终于在走了三个小时之后，我望见前面有一片小柏树林，马亚纳村像害怕风吹一样躲避在树林中间。

村里的街道上一只猫也没有，大家都去做大弥撒了。当我经过教堂门前，蛇形风管正在吹奏，透过彩绘玻璃我看到大蜡烛发出光亮。

诗人的住宅在村子的尽头，左手最后一座房子，在通往圣·雷米的大路上。这是一座两层楼的小屋，屋前有个院子……我轻轻地走进去……一个人也不在！客厅的门关着，但我听见门后有人在走动并且大声说话……我太熟悉这脚步声和说话声了……我在刷着白石灰的小过道停了一会儿，才非常激动地把手放在门把上。我的心在剧烈地跳动。——他在那里。他正在工作……该不该等他的这节诗作完？……毫无疑问！算了，进去吧。

啊！巴黎人，当这位马亚纳的诗人来到你们之间把巴黎展现在米勒伊[1]眼中的时候，当你们在你们的客厅里看见这位一身城市打扮的沙克达斯[2]有一条笔挺的领子和一顶像荣誉一样使他窘迫的高帽子的时候，你们会想这就是米斯特拉尔了……错了，这不是他。世界上只有一个米斯特拉尔，这就是上星期日在他的村子里突然拜访而见到的那一位。他毡帽扣到一只耳边，穿一件礼服没穿背心，腰上系一根卡塔卢尼亚的红搭链，眼发亮，颧骨上有灵感的光辉，骄傲中带着慈祥的微笑，像希腊的牧人一样高雅，正双手插在口袋里大步来回走着推敲他的诗句……

"怎么！是你呀！"米斯特拉尔叫着扑过来搂住我的脖子，"你能想到来真太好了！……今天正巧是马亚纳的节日。我们有阿维尼翁的音乐表演、斗牛、游街、法兰多拉舞，精彩极了……我母亲做弥撒就要回家了，我们先吃午饭，然后，来吧！我们去看漂亮姑娘们跳舞……"

当他对我说话的时候，我心情激动地看着这间糊着浅色墙纸的小客厅，我已经很久没有见它了，我曾在这里度过许多美好的时光。什么都没有变动。依旧是黄色方垫子的长沙发，两把麦秆垫椅子，断臂维纳斯和阿尔勒的爱神摆在壁炉

---

1 米勒伊（Mireille），米斯特拉尔的代表作——诗集《米勒伊》的女主人公。
2 沙克达斯（Chactas），十九世纪法国作家夏多布里昂的小说《阿拉达》中的男主人公，印第安人。

上，埃贝尔为他绘制的肖像和艾蒂安·卡尔雅为他拍摄的照片挂在墙上，靠近窗子的一角有一张写字台——一张小得可怜的如同税务员办公桌的写字台，上面堆满了旧书和各种辞典。在这张写字台的中央，我发现了一本打开的大本子……这是弗雷德里克·米斯特拉尔的新诗作《卡朗达》，大约在今年年末圣诞节出版。米斯特拉尔已在这部诗稿上花了七年心血，写最后一句竟花了近六个月时间。然而，他还不敢脱稿。您可以理解，总还有一节诗需要润色，还要找一个更铿锵的韵脚……米斯特拉尔枉费很多心机用普罗旺斯方言写作，他写这些诗似乎大家都应该用这种方言来读，还要尊重他辛勤创作的努力……噢！这位忠诚的诗人，这个米斯特拉尔，也许连蒙田也会说他："请您记住这个人，当有人问他为什么要花费如此巨大的精力去钻研一种只有极少数人懂得的艺术时，他回答道：我只要少数人懂就够了。我只要一个人就够了。没有一个人我也够了。"

我把《卡朗达》稿本捧在手里，心情激动地一页页翻阅着……突然，窗外的大街上响起了短笛和鼓的音乐声。于是我这位米斯特拉尔跑向柜子，从里面取出一些杯子和几瓶酒，把桌子移到客厅中央。他一边去给奏乐者开门，一边对我说：

"请别见笑……他们是来给我奏晨曲的……我是市参议员。"

小房间里挤满了人。大家把鼓放在椅子上，一面旧旗帜竖在屋角。然后蒸馏葡萄酒就传递开来。接着，当大家喝干了好几瓶酒来祝福弗雷德里克的健康后，就开始一本正经地谈论起这个庆祝活动来了：法兰多拉舞是否会跳得同去年一样开心，斗牛会不会安排好。然后这些乡村音乐家们离开这里又到别的参议员家里奏晨曲去了。就在这时，米斯特拉尔的母亲回家了。

刹那间餐桌已经摆好：一张漂亮的白桌布和两套餐具。我熟悉这家的惯例，知道每当米斯特拉尔有客人，他的母亲就不上餐桌……这可怜的老太太只会说她家乡的普罗旺斯方言，同法国人用法语说话使她感到很不自在……何况，厨房里也需要她。

天啊！这天早上我享受了一顿美餐：一块烤羊羔肉，山羊奶酪，葡萄果酱，无花果，麝香葡萄。一直用"教皇新堡"名酒佐餐，斟在杯中的酒泛出鲜艳的玫瑰色彩。

在用餐后点心的时候，我去找出诗稿，并把它放在米斯特拉尔面前的桌子上。

"我们先前说好我们要出门去的。"诗人微笑道。

"不！不！……《卡朗达》！《卡朗达》！"

米斯特拉尔顺从了我。他一面用手打着诗句的节拍，一面用柔和而又悦耳的嗓音吟诵第一首诗歌：

一个为爱而疯狂的姑娘，
如今我要叙述她遭遇的凄凉；
假若上帝允许，我将歌颂一个嘉西的孩子，
一个可怜的捕鳗鱼的少年郎……

户外，教堂的钟楼上敲响了晚祷的钟声，广场上爆竹齐鸣。短笛手和鼓手一起在大街上走来走去。被人们赶着奔跑的卡马尔格公牛哞哞吼叫着。

我的臂肘撑在桌布上，眼睛饱含泪水，正倾听着一个普罗旺斯青年渔夫的故事。

卡朗达只是一个渔夫，爱情使他成为英雄……为了赢得他的情人——美丽的埃斯泰雷尔仙女——的芳心，他干出了一番惊天动地的事迹，就连希腊神话里的英雄赫拉克勒斯的十二奇勋也不能和他比肩。

有一次，他决意要当一个富翁，于是就发明了许多大型的捕鱼机械，把所有的海鱼都拖到海港里来了。另一次，他把奥利乌勒峡谷的凶恶强盗"塞维朗伯爵"一直追杀到匪巢里，冲进他的强盗同伙和姘妇当中……这个小卡朗达是个多么厉害的小伙子啊！一天，在圣·博默山上，他碰见两帮人来到曾建造所罗门神庙屋架的普罗旺斯人雅克大师的坟墓上，想用投掷双头叉来了结他们之间的恩怨。卡朗达冲进这两帮人的残杀当中,通过劝解使他们平息下来……

都是些超人的丰功伟绩啊!……在吕尔山的悬崖峭壁之上,有一片常人无法进入的雪松森林,从来没有一个樵夫敢攀上去过,而他卡朗达却去了,而且独自在那里住了三十天。这三十天里人们听见了他的斧子砍伐树干的声音。森林在呼叫,参天的古树一棵接一棵倒下,又朝深渊滚去。当卡朗达重新下山的时候,山上的雪松已经一棵不剩。

最后,由于这番丰功伟绩,捕鳗鱼的渔夫得到了应有的奖赏。他不仅获得了埃斯泰雷尔仙女的爱情,还被嘉西的居民任命为执政官。这就是卡朗达的故事……可是,是否是卡朗达的故事又有什么关系?最重要的是诗中写了普罗旺斯,海的普罗旺斯,山的普罗旺斯,加上它的历史,它的风俗习惯,它的传说,它的风光,所有淳朴和自由的人民都已在被同化前发现了自己的伟大诗人……而现在,哪怕你们铺设铁路,竖起了电线杆,从学校里取消了普罗旺斯语言!普罗旺斯将不朽地永存于《米勒伊》和《卡朗达》中。

"诗已谈够了!"米斯特拉尔合上他的诗稿说,"该去看节日庆祝活动了。"

我们走出家门。整个村子的人都拥到了大街小巷里。一股强劲的北风扫净了天空,蓝天在雨水淋湿的红瓦屋顶上欢乐地闪闪发光。我们及时赶上观看游行队列回村。这是历时一个小时的望不见首尾的队列，其中有戴风帽的苦修修士、白衣修士、蓝衣修士、灰衣修士、戴面纱的善会修女、金花玫瑰旌旗、四肩抬的金粉剥落的木圣徒像、手执大花束的偶像一样的彩色陶制圣女俑、无袖长袍、圣体供显台、绿色丝绒华盖、装在白色真丝框内的耶稣受难像，这一切都在烛光和阳光照耀下，在圣诗、连祷和用力撞击的钟声里随风起伏。

游行结束了，圣像分别重新安放在祭坛上。我们去看斗牛，然后又在打麦场上看杂耍、角力、三级跳、勒猫游戏、羊皮袋游戏和一切普罗旺斯节日里的各种有趣活动……当我们回到马亚纳时，夜色已经降临了。广场上的小咖啡馆门前已经燃起了很旺的篝火。米斯特拉尔每晚都要和他的朋友齐多尔在这家咖啡馆里玩一局。法兰多拉舞已经组织好了。剪纸灯笼已经在各个暗角点亮，青年们占好位子，很快，随着一声鼓响，围着火堆开始形成了疯狂而喧哗的一圈，这场舞要跳通宵。

吃过晚饭以后，我们懒得再去奔走了，于是登楼进了米斯特拉尔的卧室。这是一间农民的简朴卧室，有两张大床。四壁没有糊墙纸，天花板

上的橡子暴露在外……四年前,当学士院颁发给《米勒伊》的作者三千法郎奖金的时候,米斯特拉尔老夫人曾经动过一个念头:

"我们把你的卧室糊上墙纸,天花板也安装一下好吗?"她对自己的儿子说。

"不用!不用!"米斯特拉尔回答,"这笔钱是诗人们的,我们不要动用。"

于是,卧室仍旧保持着毛坯原样;但是只要这笔诗人们的钱还有剩,所有敲米斯特拉尔家门的人总是发现他会慷慨解囊……

我把《卡朗达》诗稿带进了卧室,希望在我入睡前再念上一段。米斯特拉尔选了关于陶器的一个情节。以下是简单梗概:

不知道是在哪一个盛大的宴会上。有人带来一套精美的穆斯蒂埃陶器餐具,并把它们陈列在桌子上。每只盆子的底部都用蓝色彩釉绘出一个有关普罗旺斯题材的画面。整个地区的全部历史都包括在里面了。因而应该看到这些精美的陶器是用怎样的爱心描绘出来的。每只盆子配一节诗歌,这些小诗都是智慧劳动的结果,风格淳朴,完成得和古希腊诗人泰奥克里特的小幅图画一样。

然而,米斯特拉尔是用优美的普罗旺斯方言为我吟诵他的诗句的,比拉丁语要长出四分之三。这种从前王后们说的话，现在只有我们的牧人们才懂了。我衷心赞美这个诗人。在普罗旺斯语濒临灭绝的状态下，他发掘自己的母语并用于写诗，我就不禁想象出这样一幅情景：

人们在阿尔比勒山中见到一间古老的波克斯地区诸侯宫殿，那宫殿屋顶坍塌，平台上没有栏杆，窗上没有玻璃，三叶形的尖形拱顶碎裂了，门上的纹章被青苔吞食了，母鸡在宫院里啄食，猪在画廊的精美石柱下打滚，驴子在祭台上啃着野生的青草，鸽子在灌满雨水的圣水盘中饮水，而最终，还有两三户农民在古老宫殿旁边的断垣残壁之中搭起几间茅屋。

然后，终于有一个黄道吉日，这些农民中有一个儿子钟情于这些伟大的废墟，并且为古迹遭受亵渎而愤怒不已。快，快，他赶走了宫院中的牲畜，仙女们也来援助他，全凭他独自一人重新修建了大楼梯，四壁重新装上护墙板，窗上安了彩绘玻璃，重新砌起塔楼，给金殿再贴金箔，就这样，他重新修复了过去历代教皇和女皇们居住过的宏伟宫阙。

这座修复的宫殿，就是普罗旺斯语言。

这个农民的儿子，就是米斯特拉尔。

就这样，他重新修复了这古历代戴王和女皇们居住过的宏伟宫阙。

三台小弥撒
——圣诞节的故事

Les trois messes basses
Conte de Noël

"是两只块菰火鸡吗,加里古?……"

"对,我尊敬的神甫,是两只塞足块菰的上等火鸡。我知道这火鸡的事,因为是我帮着填进去的。有人还会说火鸡的皮绷得这么紧,一烤就会绽裂呢……"

"耶稣、玛利亚!我太喜欢块菰了!……快点把我的白法衣给我,加里古……除了火鸡,你在厨房里还看见了什么?……"

"嗨!好东西应有尽有……从中午起,我们就只干煺毛的活了,有野鸡、鸡冠鸟、榛鸡、大松鸡等。羽毛四处飞散……然后从池塘捉来鳗鱼、金鲤鱼、鳟鱼,还有……"

"有多大呀,那些鳟鱼?加里古……"

"有这么大呢,我尊敬的神甫……大得从没有见过!……"

"噢!上帝!我真的好像看见了这些鱼……你已经把葡萄酒灌进做弥撒用的洒水壶了吗?"

"灌好了,我尊敬的神甫,我已把所有的洒水壶都装了葡萄酒……不过,当然啦,这些酒和您等会儿做完子夜弥撒时喝的酒比不上。您如果看见过放在城堡饭厅里的那些光闪闪的长颈瓶就好了,全装满了各种颜色的葡萄酒……还有银餐具,摆在大餐桌中间的雕镂大银盘、各种鲜花、各种枝形烛台!……从来没见过这样丰盛的圣诞大餐。侯爵大人已经邀请了附近所有的老爷。你们至少有四十个人共餐,还不算大法官和公证人……啊!您算这中间一个可真幸运,我尊敬的神甫!……我只不过是嗅了一下这些美味的火鸡,那块菰的香气就一直附在我的身上了……好家伙……"

"别说了,别说了,我的孩子。我们得避免犯饕餮大罪哟,特别是在圣诞夜……赶快去点蜡烛,敲做弥撒的第一次钟;眼看就到半夜了,我们可不该迟到……"

上述对话是在公元一千六百某某年的圣诞夜里,在巴拉凯尔神甫和他的小教士加里古之间进行的。巴拉凯尔神甫做过巴尔纳伯会的修道院院长,现在是在德·特兰格拉什老爷家拿钱的小教堂神甫。至于小教士加里古,或者说神甫以为他是那个小教士,因为您要知道,那晚上其实是魔鬼换上了年轻的圣器管理员的圆脸和真假难辨的相貌,来诱惑尊敬的神甫犯下饕餮大罪的。就这样,当所谓的加里古(哼!哼!)用尽吃奶的力气去敲响领主私家小教堂的钟时,尊敬的神甫正在城堡的小小圣器室里穿戴他的祭披;他的心已被那些对美酒佳肴的描述引得七上八下。他一边穿衣服,一边对自己重复着:

"烤火鸡……金鲤鱼……有这么大的鳟鱼!……"

室外,夜风把悠扬的钟声刮向四面八方,旺图山黑暗的山腰上逐渐有灯火显现。山上耸立着特兰格拉什家的古老塔楼。这时一些佃户人家到城堡来做子夜弥撒。他们五六个人一群,一边登山一边唱歌。父亲在前提灯,女人们裹着栗色大斗篷,里面紧挤着孩子们。尽管夜已深,天气冷,但这些憨厚的老百姓都走得步履轻盈,因为他们都想到了做完弥撒以后,和每年一样,山下的厨房里都有上桌饭食为他们备好。有时,在陡峭的上山道路中有由举火把的人领路的老爷的马车,月光下玻璃车窗闪闪发亮;或者是一头铃铛摇得作响的骡子小跑着,佃农们在夜雾笼罩的提灯幽光中认出了他们的大法官,于是在他经过时,向他致敬:

"晚安,晚安,阿尔诺通老爷!"

"晚安,晚安,我的孩子们!"

夜色清明,星星因寒气而更加耀眼;寒风袭人,细小的雪珠在衣服上滚动,但未打湿衣服,它忠诚地保持了洁白的圣诞节必有雪的传统。山坡的顶上,是作为目的地的城堡。

它有许多塔楼和人字墙。小教堂的钟楼直指黛色的天空,密集的细小光亮闪来烁去,在所有的窗子上摇曳,以建筑物的黑影作背景,就像是在纸张燃烧之后的余烬里游动的火星……走过吊桥和城堡的暗门后,还需穿过前院才能抵达小教堂。院子里已满是四轮马车、仆人、轿子;整个院子被火把和厨房的火光照得通明。人们听得见烤肉叉子转动时发出的撞击声、平底锅的叮当声、为准备饭食而搬动玻璃器皿和银餐具的碰撞声。除此之外,温热的水汽飘荡在上方,带着烤肉和加了各色调味汁的蔬菜的浓香,仿佛告诉佃农、神甫和大法官,告诉大家所有人:

"在做完弥撒之后,我们会有多么美味的圣诞夜餐啊!"

二

得儿令丁,丁!……得儿令丁,丁!……

这是子夜弥撒开始了。城堡里的小教堂就像一座主教堂的缩微模型,拱顶纵横交错,橡木护壁沿墙到顶,张挂着帷幔,所有的蜡烛都已点燃。人真多啊!打扮得真漂亮啊!首先,这是穿着鲑鱼色塔夫绸衣服的德·特兰格拉什老爷,他坐在祭坛旁的雕花祷告席上。他身旁是由他请来的所有贵族老爷。他对面占着跪凳的是一身大红锦缎长裙的享用亡夫遗产的老侯爵夫人，以及头戴法兰西宫廷最新款式的凹凸花边塔形帽的德·特兰格拉什的年轻夫人。往下，人们见到了身穿黑衣、套着尖形大假发、刮光胡子的大法官托马·阿尔诺通和公证师昂布鲁瓦。他俩在花团锦簇的绫罗绸缎当中成了两个不合时宜的色调。接着还有那些臃肿不堪的大管家，那些年轻侍从、骑师、管事和把所有钥匙都用一根银链条拴在腰上的巴尔伯太太。在后面的长凳上坐着小职员、女佣人、佃户及家里人。最后，紧挨着门的是些小心翼翼地打开一点又关上门的厨房帮手。他们趁调制两种酱汁时的空档，出来吸一口弥撒的空气，也把圣诞夜餐的美味带到喜气洋洋、因点着许多蜡烛而变得暖烘烘的教堂里。

主祭师是不是因为看见了这些厨师的白帽子而心猿意马了？还是加里古打的铃声使他分了心？这个发疯似的小铃在祭坛上不顾一切地急急摇动，好像分分秒秒都在催促道：

"我们赶紧，我们赶紧……我们越快结束，就能越早上桌用餐。"

事实上，这个魔鬼小铃每次一摇响，小教堂的神甫都忘掉了自己的弥撒，满脑子只有圣诞夜餐了。他想着忙乱的厨师，烧着熔铁炉一样火焰猛烈的炉灶，从稍微掀开的锅盖中冒出的水汽，水汽当中有两只因填满块菰而绷得圆鼓鼓的大理石纹的火鸡……

也许神甫还看见一队队手捧冒着诱人热气的菜盘子的年轻侍从走过呢。他跟着这些人走进了已做好盛宴准备的大厅。哦,多么快活!那是一张巨大的饭桌,满桌佳肴,令人眼花缭乱,有带羽毛的孔雀、张着金黄翅膀的山鸡、红宝石色的长颈瓶,堆得像金字塔一样的水果衬着绿色枝叶,还有绝妙的鲜鱼,那是被加里古津津乐道的(啊!当然是加里古!),它们摊在一层茴香上,好像刚出水面,鱼鳞闪着珠光,妖怪似的鼻孔里插着一束香草。奇妙的幻觉实在形象生动,使得巴拉凯尔神甫觉得所有这些美味佳肴都已端放在他面前祭坛的绣花桌布上了。有两三次,他惊讶地发觉自己把"Dominus vobiscum"[1]说成了"Benedicite"[2]。除了这些小小的不敬,这个威严的人都是十分认真地宣讲弥撒的,没有遗漏一行经文,没有疏忽一次跪拜。一切都顺顺当当地进行到第一台弥撒结束;因为您知道在圣诞节这天同一个主祭要做三台弥撒。

"一台完了!"小教堂神甫想着,松了一口气;接着,他一分钟也不耽搁,向他的教士,或他自以为是他的教士的人做了一个手势,于是……

得儿令丁,丁!……得儿令丁,丁!……

这是第二台弥撒开始了,同时也开始了巴拉凯尔神甫的

---

1 意为"主与你同在"。本篇中的经文皆为拉丁文,下同。
2 意为"上帝保佑"。

罪孽。

"快，快，我们赶快。"加里古的小铃用尖细刺耳的声音向他喊着；而这一回，倒霉的主祭完全听任了贪吃魔鬼，一头扑向弥撒经书，用他受到极度刺激的食欲，狼吞虎咽起经书的内容来。他发疯似的俯下身子，直起身子，匆匆忙忙地画十字，做跪拜。为了早点结束，他缩短所有动作。他几乎不把胳膊伸向福音书，在说"Confiteor"[1]时也几乎不拍打自己的胸口。小教士和他之间似乎在比赛谁稀里糊涂说得更快。领读的经文和应答的经文互相追赶，互相催促。言词只说一半，嘴也不张开，原本或许要花许多时间，却以谁也不懂的嘟嘟哝哝草草收场。

"Oremus ps...ps...ps..."[2]

"Mea culpa...pa...pa..."[3]

这两人把弥撒中的拉丁文任意折腾，如同急着收获葡萄的人在踩踏桶里的葡萄一样，溅得四面八方一塌糊涂。

"Dam...Scum！..."[4]巴拉凯尔说。

"...Stutuo！..."[5]加里古应答着。而那个该死的小铃一直

---

1 意为"忏悔经"。
2 意为"让我们祈祷"。
3 意为"我的过失，我认罪"。
4 "主与你同在"的省略。
5 "与你的灵同在"的省略。

在他的耳边响个不停，就好像是系在驿站的马匹头颈上的铃铛催促着它飞速奔驰一样。您想呀，一台小弥撒以这样的方式还不很快就收场了。

"两台！"小教堂的神甫气喘吁吁地说。然后，连一口气也不歇，他满脸通红、大汗淋漓地从祭坛的阶梯上冲下来，又是……

得儿令丁，丁！……得儿令丁，丁！……

这是第三台弥撒开始了。只剩下几步就到餐厅了，但是，唉！随着圣诞夜餐的临近，不幸的巴拉凯尔感到自己已被焦急和美食逼得发疯了。他的幻觉更清晰了，金鲤鱼、烤火鸡近在咫尺，近在咫尺……他碰得到了……他能将这些……噢！上帝！……菜肴冒着热气，葡萄酒香气扑鼻；而那个小铃疯狂地摇响，铃声对他喊叫着：

"快，快，还要再快！……"

可是，他怎样才能再快呢？他的嘴唇勉强动弹着。他已不是每个字都发音了……除非彻底欺骗仁慈的上帝，把对他的弥撒变得影踪全无……而这正是这个倒霉蛋正在做的事！……邪念越来越多，他开始跳过一段经文，然后是跳过两段。后来，"使徒书信"太长了，他没有把它念完，只是翻了翻福音全书，略为触及信经而未深入，跳过了天主经，三言两语致完序祷，于是，三脚两跳就急促地下到了无尽的罚受永刑之中。神甫后面总是跟着令人厌恶的加里古

(Vaderetro, Satanas！[1]），他十分融洽地配合着神甫，为他撩祭披，两页两页地翻书，碰倒了书托，打翻了圣水瓶，越来越响、越来越快地不停摇铃。

必须看看所有在场者惊慌失措的脸色！他们一个字也听不清，不得不按照神甫的手势表达来继续进行这台弥撒，一些人在另一些人跪下的时候却站了起来，又在别人站着的时候坐着。这次奇特的祭礼的所有阶段都因长凳上的各不相同的姿势而混乱不堪。那一边，正在天上通向小马厩的道路上行走的圣诞星看到这种混乱现象，脸色吓得煞白……

"神甫说得太快了……大家没法跟上他。"享有遗产的老夫人昏昏懵懵地摇着头饰嘟哝道。

阿尔诺通先生鼻上架着钢边大眼镜，在他的祈祷书中寻找鬼才知道读到的什么地方。但是在大厅里所有的老实人都在想着吃圣诞夜餐，对这样开快车似的做弥撒并不生气。当巴拉凯尔神甫容光焕发地朝听众转过身来用尽全力高喊"Ite missa est"[2]时，小教堂内异口同声地以非常欢乐、非常动人的"Deo gratias"[3]来回答他，人们似乎可以相信已经入席喝上了圣诞夜餐的第一杯祝酒。

---

1 意为"撒旦，向后退去！"
2 意为"去吧，弥撒已经结束"。
3 意为"我们感谢天主"。

三

五分钟过后,一大群庄园主老爷们已在大厅里就座,小教堂神甫夹在他们中间。上下灯火通明的城堡到处听得见歌声、叫声、笑声和闹声。可敬的巴拉凯尔神甫将叉子插进一只松鸡的翅膀里,大量的教皇新堡葡萄酒和鲜美的肉汁早已淹没了他对自己犯有原罪的那种内疚。他实在吃喝得太多了,这个可怜的圣人当夜就因可怕的疾病发作而死于非命,甚至连一点忏悔的时间都没有。然后,早晨他来到了还充满节日夜晚欢闹声的天上,我就让您去想象他会受到怎样的接待吧。

"你这个邪恶的基督徒败类,从我眼前滚开去!"至高无上的审判者,我们大家的天主对他说,"你的罪过大得足够抹去你一生的德行……啊!你偷盗了我的一场夜弥撒……那么,你要在原处付还我三百场,而且,只有当你在自己的小教堂里同因你的罪过而同样犯罪的所有人做完这三百场圣诞弥撒之后,你才能进天堂……"

这就是在长满橄榄树的地方,大家讲述的关于巴拉凯尔神甫的真实传说。今天,特兰格拉什城堡已不复存在,但那座小教堂依然耸立在旺图山顶的绿色橡树林里。风击打着破裂的大门,野草阻塞了门槛。在祭坛的角落和彩画玻璃早已消失的高高的窗洞里有一些鸟窝。然而每年的圣诞节,在这废墟中似乎都有一种超自然的光线在游弋;而当农民们去做弥撒或吃圣诞夜餐时,即使是刮风下雪的日子,也能发觉被露天里燃烧的肉眼看不见的蜡烛所照亮的教堂幽灵。对此,您愿意笑就笑吧,但是当地一个种葡萄的,名叫加里格,大概是加里古的后代,确确实实地对我说,在一个圣诞节夜,他有点醉醺醺的,在特兰格拉什那边的山里迷了路,他就看见了这些……一直到十一点钟,什么也没有发生。万籁俱寂,漆黑一片,死气沉沉。突然,在子夜时分,钟楼上响起了排钟的声音,这古而又古的排钟似乎响在几十里路之外。很快,在通向山上的道路中,加里格看见了火光在抖动,一些模模糊糊的影子在摇晃。在小教堂的门廊下,有人在行走,有人在低声说话:

"晚上好,阿尔诺通老爷!"

"晚上好,晚上好,我的孩子们!"

当所有的人都进门以后,我们这位大胆的葡萄园丁轻手轻脚地走近去,并从残破的门里看见了一个奇特的场面。所有他看到的人都排列在倒塌的教堂中殿的祭台四周,就像从前的长凳仍然存在。有一些身穿罗缎头戴花边帽子的漂亮贵妇人，有一些从头到脚衣饰华美的庄园主老爷，也有一些穿着同我们祖宗一样绣花礼服的农民，所有的人都气色苍老、憔悴、满身灰尘、疲惫不堪。不时地，有一些作为小教堂常客的夜鸟被这些光亮惊醒，飞来围着蜡烛盘旋。蜡烛的火光笔直向上但朦朦胧胧，似乎在一层薄纱后面燃烧。最使加里格感到有趣的是一个戴着钢框大眼镜的人物，他无时无刻不在摇晃着他高高的黑假发套。一只夜鸟呆呆地栖息在这发套上，悄无声息地扇动着双翅……

大厅深处有个儿童身材的小老头跪在祭台中央，拼命地摇着一个既没有铃铛也没有声响的小铃，同时有一个身穿陈旧绣金衣服的神甫在祭坛前来回走动，一面背诵着谁都听不见一个字的祷告经文……当然啦，这就是正在做三台小弥撒的巴拉凯尔神甫。

橘子
——幻想曲

Les oranges
Fantaisie

所有沾上雾滴的橘子有一种柔和的光泽,
像黄金包着一层透明的白纱闪出的光芒。

在巴黎，橘子有一副在树下捡起来的凋落果子的惨淡模样。在寒冷而多雨的隆冬季节，橘子运到你们那里时，它的表皮鲜亮，在滋味平淡的地方散发出浓香。这都使橘子有一种奇特的稍带放荡不羁的形象。在雾气弥漫的夜晚，橘子忧愁地沿着人行道排列，堆在流动的小货车上，被红纸灯笼的幽暗灯光照耀着。一声单调尖细的叫喊伴送着它们，夹杂在各种车辆的车轮滚动声和四轮马车的隆隆撞击声中："瓦朗斯蜜橘只卖两个铜板！"

对于四分之三的巴黎人，这种从远方采集，外表圆得平常并还残留着一点绿色的小树枝的水果，近于从糖厂和糖果店来的东西。由于橘子用薄绵纸包着，又是在许多节日中出售，因此就产生了这个印象。尤其是接近一月的时候，成千上万只橘子被抛在街上，表皮沾着水沟的污泥，令人想起有一棵遮天盖日的圣诞树在巴黎上空摇动着长满人造的水果的枝条。没有一个角落见不到橘子。在精心装饰的明亮的商品陈列橱窗里，在监狱和济贫院的门前，在饼干包当中，在马铃薯堆当中，在舞厅和星期天剧场的入口处，都有橘子的美妙香味同瓦斯气味、蹩脚的小提琴噪音和剧院高等楼座上的灰尘混杂在一起。人们因此而忘记了橘子是橘子树上长出来的，因为当橘子直接从南方整箱运到我们这里时，橘树已经过剪枝、修整、装扮，从过冬的温室里拿出来放在露天的公园里展示很短的一段时间。

要很好地了解橘子，必须到它们的产地巴雷阿尔群岛、撒丁岛、科西嘉岛、阿尔及利亚，到晴空如洗和气候温暖的地中海去看看。我回想起卜利达[1]近郊的一小片橘树林，那里的橘子美极了！在深绿光亮如上釉一般的叶丛中，果子闪着彩色玻璃般的光芒，并以这种绚丽的光环使周围的空气熠熠生辉。透过枝叶间各处的空隙可以看到小城的城墙、一座清真寺的尖塔、一个伊斯兰教寺院的穹顶，再远处是连绵不断的阿特拉斯山脉，山麓郁郁葱葱，顶上覆盖着白羊羔皮般的白雪，隐约有雪片翻飞落下。

一天夜里，我正在那里，不知由于什么现象，三十年来这个地区首次出现的冬季雾凇掠过了这沉睡城市的上空。卜

---

[1] 卜利达（Blidah），阿尔及利亚的一个省会，该地区以农产品著称。

利达城第二天苏醒时完全变了模样,一片银装素裹。在阿尔及利亚十分清纯的空气里,雪花犹如珍珠细粉。它反射出白孔雀的羽毛色彩。最美的要算是橘树林了。坚挺的树叶上留下直立着尚未融化的雪花,像冰糕放在漆盘上。所有沾上雾凇的橘子有一种柔和的光泽,像黄金包着一层透明的白纱闪出的光芒。这隐约显示出教堂里的欢庆景象,如花边长袍里的红色道服,如镂空花边装饰的镀金祭坛……

但是,我对橘子的最美好的回忆还是来自巴尔比加格里亚,一个靠近阿雅克修的大花园。天热的时候,我去那儿睡午觉。这里的橘树比卜利达的更高,间距更大,枝叶一直低垂到路面,这条大路与花园仅相隔一道篱笆和一条水沟。不远处就是大海,浩渺无际的蓝色大海……我在这花园里度过了多么美好的时光啊!在我的头上,开花结果的橘树散发出浓烈的香气。不时地会有一个成熟的橘子因为炎热的加重而突然离开枝头落在我身边,它掉落在地时声音低沉,毫无回响。我只要伸手便可捡到。这些果子内瓤呈粉红色,令人爱不释手。我觉得它们美妙无比,而天际又是如此清朗!从树林之间望去,大海铺展着炫目的蓝色空间,如同玻璃碎片在雾气中闪闪发光。海浪在远处翻腾,空气震动,这荡漾的微波、暑热、橘子的浓香……啊!睡在巴尔比加格里亚的花园里有多么舒服呀!

然而,有几次正在午睡的时候,突然有鼓声惊醒了我。

这是一些贫困的鼓手来到下边的大路上练鼓。通过篱笆的空隙，我看见了鼓上的铜皮和系在红色长裤上的白色围裙。为了稍微避开挟带着灰尘向他们猛烈照耀的炎热阳光，这些穷小子才过来坐在花园脚边的篱笆阴凉处，他们敲得一手好鼓！他们大汗淋漓！于是，我尽力摆脱昏昏欲睡状态，好玩地随手摘下几个挂在我手边的橙黄色佳果抛给他们。被击中的鼓手停了手。他迟疑了一下，朝四周望了一圈，想弄清楚从他身前滚到水沟里去的绝妙橘子是从哪里来的。随后他立刻拾起橘子，甚至连皮也不剥就狼吞虎咽起来。

我还记得就在巴尔比加格里亚近边，仅隔一道低矮的小墙，有一个从我的住处可以俯视的奇怪的小花园。这是一个设计得很有情调的小土地角落。小径上铺着黄沙，夹道栽着翠绿的黄杨，进门处有两棵柏树，这使小园具有马赛地区的农舍风貌。没有一条阴影。小园深处有一座白色的石头建筑物，在地面相平处有一些小地窖的透光孔。我起先以为这是一间农村的房屋；但是，再仔细打量，发现上面有个十字架，石头上刻着铭文，但我从远处难以辨认其内容。因为发现有十字架，我这才看出它是科西嘉人的家族坟茔。在阿雅克修周围，有许多这种纪念死者的小祭台建造在每家的花园中。星期天，全家人来此祭奠死者。受到这样的对待，死者就不会像置身于公共墓地那样凄凉。只有亲朋的脚步声才打破寂静。

从我的住处，我还看见一个和善的老人安详地在小径上走动。他整天修剪树枝，翻土、浇水，细致小心地摘去凋谢的花朵。然后在夕阳西下时走进那间长眠着他死去家属的小祭台。他收藏起铁锹、耙子和大水壶，像公墓的园丁一样从容不迫、镇定自若地干着这一切。这个诚实的人专心致志地工作着，一切行动都尽量做到轻手轻脚，连每次关小地窖的门都小心谨慎，深恐惊醒了什么人。在阳光灿烂的万籁俱静里，这个小花园的保养工作没有惊动一只小鸟，也没有使他的邻居感到任何悲伤。只是大海却因此而显得更加辽阔，天空显得更加高朗。在熙攘不息和被生活困扰的大自然中，这种在它周围的长时间午睡，会产生一种永恒安宁的情感……

兩家客棧
Les deux auberges

相反的是，对面那家客栈悄无声息，好像已经荒弃。

这是七月的一个下午,我正在从尼姆回家的路上。天热得令人窒息。在橄榄树园和小橡树林之中,在满天银白色的太阳烈焰下,一条白晃晃热辣辣的大道尘土飞扬,望不到尽头。没有一块云彩,没有一丝凉风。除了热浪的震颤和知了的叫声,什么也没有。在心烦意乱的时刻,知了的疯狂而震耳欲聋的鸣叫声真像是这无边无际的光焰震颤的音响……当我在荒野上走了两个钟头之后,突然在我前方,道路的尘土飞扬中显露出一组白色房屋来。这就是人们所说的圣樊尚驿站:五六间农舍,长长的红屋顶谷仓,一个处在稀疏的无花果树丛中的干涸的饮水池。而在这地方的尽头,在道路的两边有两家门面相对的大客栈。

两家客栈紧紧相邻总有些令人吃惊。一边是一座新建的房屋,生气勃勃,人气兴旺,所有的门都敞开着,驿车停在门前,人们卸下的马匹喷着气,下车的旅客匆匆走到路边墙

一边是一座新建的房屋，生气勃勃……

角的阴凉处喝水。院子里挤满了骡子和大车,车夫们躺在凉棚下等着凉风。在屋内,喊叫声、咒骂声、拳头敲桌声、玻璃杯子的撞击声、台球的对碰声、汽水瓶塞的开启声交织成一片;而压倒这一切喧闹的,却是欢乐而嘹亮的歌声,它唱得窗玻璃都震动起来:

> 漂亮的玛尔戈东,
> 清晨就起了床,
> 提着她的银水壶,
> 去到泉水旁……

……相反的是,对面那家客栈悄无声息,好像已经荒弃。门楼下杂草丛生,百叶窗已经破损,一支完全枯萎的枸骨叶冬青像一束陈旧的羽毛悬挂在大门上,门槛的台阶被路上的石头填平了……这一切是如此悲惨,如此可怜,那么去那里歇脚喝一杯,真正是一件慈悲积德的事了。

一踏进门,我就发现大厅空旷而沉闷,

阳光从三扇没有窗帘的大窗孔中穿过,更加剧了这种印象。几张桌脚不齐的桌子上凌乱地放着一些积满灰尘的玻璃杯,一张裂缝的台球桌吊着四只木碗似的落球袋,一张发黄的长沙发,一个陈旧的柜台,一切都沉睡在不健康和令人窒息的暑热中。还有苍蝇!苍蝇!我从未见过这么多的苍蝇,粘在天花板上,粘在窗玻璃上,在所有的杯子里,一群一群的……当我推开门时就引起了一阵嗡嗡声和一阵翅膀的震颤,我似乎走进了一个蜂箱。

在大厅深处的一个十字形窗洞前,有一个女人十分专注地面对窗子看着外面。我喊了她两次:

"哎!老板娘!"

她慢悠悠地转过身子,于是我看见了一张农妇的可怜面孔,满是皱纹,皮肤皲裂,脸色土黄,同我们家乡的老太婆一样头上围着一圈长长的赫红色花边头饰。然而,这不是一个老太太;不过,酸楚的眼泪已使她非常憔悴。

"您需要什么?"她擦着眼睛问我。

"我坐一会儿，再喝点什么吧……"

她非常惊讶地盯着我，身子一动不动，似乎不明白我的意思。

"这儿难道不是一家客栈？"

女人叹了一口气：

"是的……这是一家客栈，要是您愿意这么看……可是您为什么不像别人一样到对面去呢？那边要快活多了……"

"对我来说，那边快活得过分了……我比较喜欢待在您这里。"

不等她回答，我已在一张桌边坐了下来。

当女店主确认我是真心诚意这么说时，就来来去去地忙碌开了：开抽屉、搬酒瓶、擦杯子、赶苍蝇……她觉得这位要侍候的贵客降临是一件大事。有时候，这个可怜的女人停了下来，捧着自己的脑袋，似乎她对能否做完事情不抱希望。

然后她走进里屋去。我听见她摇着一串钥匙，转动锁，在面包箱里搜寻，吹拂，掸灰尘，洗盘子。有时候是一声长叹，一声压抑不住的抽泣……

这样忙活了一刻钟，我的面前有了一盘葡萄干、一块和砂岩一样硬的博凯尔面包和一瓶酸葡萄酒。

"您请用。"这个奇特的女人说。立刻，她又回到窗前的老地方去了。

我一面喝酒，一面试图和她聊聊。

"您这里通常客人不多，对吗，我可怜的太太？"

"噢！不是的，先生，根本没有人来……当此地只有我们独家客栈时，情况不是这样的。我们有驿站，捕海番鸭的季节有猎人来用餐，整年车马不断……但自从邻家来这里落户，我们就什么都没有了。大家都喜欢到对门去。大家觉得我们这里太冷清……事实是我们这房子不够令人愉快。我不漂亮，有热病，我的两个女儿已经死了……那边正相反，人们整天在欢笑。客栈掌柜是个阿尔勒女人，美女，穿着花边服装，头颈上有三条金项链。她的情人车夫把驿车客人都领到她那里去了。因此她用了一大堆花枝招展的女招待……这样又给她带来了好生意！贝宗司、雷德桑和戎基埃尔一带的年轻客人全归她啦。车夫们都绕道为她拉客……车夫们都愿意绕道到她那里去……我整天待在这里，没有一个客人，自己也未老先衰了。"

她用漫不经心和无动于衷的语气说着，额角仍旧紧贴着窗玻璃。显然对面客栈里有什么事使她格外担心。

突然，道路对面发生了一阵巨大的骚动。驿车在飞扬的尘土中出发了。人们听见了马鞭声、驿车车夫的吹号声，女招待员们奔到门口喊着："再见！……再见！……"而压倒这喊声的，是刚才那美妙的歌声重新更加起劲地响起来了：

提着她的银水壶，

去到泉水旁；

从那边看见走来了，

三个骑士带着枪……

……听见这歌声，女店主全身颤抖起来，她转身对我低声说：

"您听见了吗？这是我的丈夫……他唱得不错，对吗？"

我目瞪口呆地看着她。

"怎么？您的丈夫！……他自己也到那边去了？"

这时她显得有些伤心，但还是非常温和地说道：

"您又能怎么样，先生？男人都是这样的，他们不喜欢见人掉眼泪；而我在两个女儿死后总是要哭……再说，这间一直没有客人来的大木屋也太凄凉了……于是，当我可怜的约瑟过于苦闷的时候，就去对面喝酒，又因为他有一副好嗓子，阿尔勒来的女掌柜就让他唱歌。嘘！……他又开始唱了。"

她全身颤抖，双手伸向前方，泪流满面，这就使她显得更加难看了。她心醉神迷地站在窗前，听她的丈夫为阿尔勒女人唱歌：

第一个骑士对她说：

你好啊，我的美娇娃！

在米里亚纳
——旅行笔记

A Milianah
Notes de voyage

这一次,我带你们到离我的磨坊有两三百法里远的一个阿尔及利亚的美丽小城去过一天……

这一次，我带你们到离我的磨坊有两三百法里远的一个阿尔及利亚的美丽小城去过一天……这样会让我们稍微变换一下听惯的鼓声和知了叫声了……

……雨快要下了，天空灰蒙蒙的，扎卡尔山的顶峰笼罩着浓雾。令人烦愁的星期天……在我旅馆的小房间里，窗子朝向阿拉伯式的城墙开着。我为了解闷而点着卷烟……旅馆的图书室可任我自由使用；在一本细节记载翔实的历史书和几本保罗·德柯克的长篇小说中间，我发现了一本残缺不全的蒙田作品……随意打开这本书，重新读到了著名的有关拉波埃蒂之死的信件……不由得，我更加浮想联翩，感到从未有过的忧伤……已经有雨滴落下。每一滴雨水落在窗台上时，就在去年雨后的积尘中留下一颗星形的痕迹……我的书本从手上滑落，我久久地凝视着这些令人伤感的星星……

城市的钟声敲了两点——这是一座古老的伊斯兰隐士墓祭坛，我这里可以望见它白色的狭窄围墙……可怜的祭坛啊！谁会告诉它在三十年前的一天，它要在胸内装着一个市政府的大日晷仪，每个星期天，钟敲两下，为米里亚纳的教堂发出做晚祷的信号呢？……叮！当！那里的钟响了！……很久很久还余音在耳……确确实实，这屋子令人伤心。早晨起，被人称为有哲学家思想的大蜘蛛已经在所有屋角织起了蛛网……让我们到户外去吧。

我来到大广场上。第三步兵队的军乐队并不害怕蒙蒙细雨，已经在指挥周围排好队形。在一个师部的窗口，将军被小姐们簇拥着出现了。在广场上，专区区长挽着调解法官的手臂悠闲地来回踱步。六七个阿拉伯孩子光着上身在一个角落里玩弹珠，口中大喊大叫着。那边，一个衣衫褴褛的犹太老人来寻昨日遗留在此的阳光，却因天气变坏而感到惊讶……"一、二、三，奏乐！"乐队奏起了一支塔莱克西的古老玛祖卡舞曲，这曲子去年冬天曾由巴尔巴里的管风琴在我的窗下演奏过。从前我讨厌玛祖卡舞曲，今天却使我感动得热泪盈眶。

噢！第三防线军乐队的乐手们多么幸福！他们双眼紧盯着十六分音符，陶醉在节律和乐声中，除了计算拍子，他们什么都忘怀了。他们的心灵，所有的心灵都集中在一方如手掌大小的纸片上，纸片在乐器顶端的两只铜扣之间晃动着。

"一、二、三,奏乐!"对于这些老实人,这就是一切。演奏本民族的曲子从来不会勾起他们的乡愁……唉!我可不是乐队的乐手,这种音乐使我难过,于是我离开了……

我能到何处去消磨这个死气沉沉的星期天下午呢?好吧!西道玛尔的店铺开着门。让我们走进西道玛尔的店铺里去。

尽管西道玛尔有一家店铺,可他并不是店主。他是一个有皇家血统的亲王,一个被土耳其近卫军绞死的前阿尔及尔台伊[1]的儿子……父亲死后,西道玛尔随同他崇敬的母亲避祸米里亚纳,在这里生活了多年。他像一个乐天知命的领主老爷,由猎犬、猎鹰、好马和女人陪伴,住在新建的、长满橘树和遍地泉水的美丽宫殿里。法国人来到时,他开始与我们为敌,同阿卜德·艾尔·卡代尔结盟;最终却同酋长闹翻,归降了法国人。为了复仇,酋长乘西道玛尔不在之机冲进米里亚纳,洗劫了他的宫殿,连根拔除了橘树,掳走了他的好马与女人,并用一个大箱盖压断了他母亲的喉咙……西道玛尔怒火冲天,立刻为法国效劳。在我们整个同当地酋长的战争中,没有一个战士比他更优秀,也更

---

[1] 台伊(day),在阿尔及尔沦为法国殖民地之前奥斯曼帝国在阿尔及尔地区的统治者。

一个小店铺的所罗门国王。

残忍。战争一结束,西道玛尔返回米里亚纳。但即使是今天,当有人在他面前提起阿卜德·艾尔·卡代尔时,他立刻变得脸色煞白,双目喷火。

西道玛尔六十岁了。虽然上了年纪,还有几颗浅麻子,但面容仍然俊美。他的睫毛很长,明眸如美女,笑容妩媚,有亲王的气派。战争毁了他,他过去的万贯家财只剩下谢里夫平原上的一个农场、一座在米里亚纳的房子。他在这里同亲手抚养长大的三个儿子过着舒服的日子。当地的首领们对他都很尊敬。每当有纠纷发生,大家全乐意让他当仲裁;而他的判断差不多成了法律。他深居简出,每天下午,大家都可以在他住宅边的临街而开的店铺里见到他。这间屋子的摆设不多:四墙用石灰水粉刷,一圈环形木凳,一些坐垫,一些长烟斗,两个炭炉……西道玛尔就是在这个地方举行会议并作出评判的。一个小店铺的所罗门国王。

今天是星期天,出席的人非常多。约有十二个当地的头面人物身穿外氅蹲在大厅的四周。他们每个人的身旁都有一根长烟斗和一只精致的银丝细工小咖啡杯。我走进去,没有人动一下身子……西道玛尔从他的位子上对我发出一个最有魅力的微笑,用手招我坐到他身旁的一个黄色真丝大坐垫上。然后,把一个手指竖在嘴唇边,示意我听好。

情况如下:贝尼祖祖族人的头目同米里亚纳的一个犹太

人为一块土地而发生争执。双方都一致同意把争端提交给西道玛尔并服从他的判决。约会定在今天，证人都传唤了；突然犹太人改变了主意，不带证人独自前来，并声称比起西道玛尔来他更愿意信赖法国人的治安法官……我到场的时候案情正进行到这里。

这个犹太人相当老了，泥土色的胡子，身穿栗色服装，蓝色长筒袜，头戴绒帽。他抬起鼻子，转动着哀求的眼睛，吻着西道玛尔的拖鞋，低下头，合掌跪着……我不懂阿拉伯语，但从他的表情手势和无时无刻不断重复的"治安'发'官、治安'发'官"这个词看，我猜出了这精彩言辞的意思：

"我们并不怀疑西道玛尔，西道玛尔是贤人，西道玛尔是公正的……但是，治安'发'官会把我们的案子断得更好。"

听众被激怒了，但还保持着阿拉伯人应有的从容态度……西道玛尔这个讽刺之神目不转睛地斜躺在坐垫上，琥珀色的牛角烟嘴衔在口中，微笑地听着。突然，讲得正在兴头上的犹太人被一声严厉的"见你的鬼去"打断了！他即刻住了嘴。同时一个作为头目证人的西班牙侨民离开自己的位子走近这个可恶的犹大，用各种语言和不堪入耳的咒骂骂得他狗血喷头，其中有许多法语的脏话在此不便重述……西道玛尔的儿子是懂法语的，在父亲面前听到这种粗话满脸通红地走出了大厅。请记住阿拉伯教育的这种方式——听众始终态度从容，西道玛尔始终微笑着。犹太人立起身来向门口倒退，他一面吓得发抖，一面更起劲地不停地念叨着"治安'发'官、治安'发'官"……他出去了。狂怒的西班牙人在他后面冲上去，在街上追到了他，"噼！啪！"接连给了他两记大耳光……这个犹大跪倒在地，两臂交叉成十字。略感羞惭的西班牙人回到了店铺里……一等他回店，犹太人就立起身，用阴险的目光向围在四周的各种人群扫了一圈。那里是各种肤色的人：马耳他人、马翁人、黑人、阿拉伯人。他们在憎恨犹太人方面完全团结一致，而且兴高采烈地看见一个犹太人遭罪……这个犹大犹豫了一刻，然后拉住一个阿拉伯人的呢斗篷的下摆：

"你看到了，阿赫麦得，你有看到的……你在场。这个基督徒打了我……你要作证……好……好……你要作证。"

这个阿拉伯人抽出他的呢斗篷，并且推开了犹太人……他什么也不知道，他什么也没有看见：他正在这个时候头别向一边的……

"但是你，卡杜尔，你是看到这事的……你看到了这基督徒打我……"倒霉的犹大向正在剥巴尔巴里无花果皮的黑人大个子喊叫着。

黑人轻蔑地吐了一口痰，走开了。他什么也没有看见。那个矮小的马耳他人的一双乌黑的眼珠在四角帽下发出凶光，他也没有看见什么。那个脸色褐红的马翁女人头顶一篮石榴也笑着溜走了，她同样什么也没有看见……

犹太人徒劳无益地叫喊着、乞求着、竭力东奔西跑……可没有证人!没有一个人见到点什么……幸好这时有两个同宗教的人垂头丧气地沿着街边的墙壁走着。犹太人告诉他们:

"快,快,我的兄弟们!快找办案人员!快找治安'发'官!……你们,你们都看见了……你们都看见了有人打我这个老头!"

要是他们看见倒好了……我这样认为。

……西道玛尔的店铺里一片欢腾……咖啡馆主人斟满了所有的杯子,点燃了所有的烟斗。人们议论着,张口大笑。在喧闹声和烟雾弥漫中,我悄悄地朝门口走去。我想到以色列人那边去溜达一圈,了解一下那个犹太人的同宗教朋友们怎样对待自己的兄弟所受的凌辱……

"今晚请过来吃饭,先生。"善良的西道玛尔朝我喊了一声……

我接受邀请,并道了谢。于是我走出了门外。

在犹太人居住的街区,大家都站着。刚才的事件已引起巨大的反响。没有人留在铺子里。绣花工人、裁缝、做马具皮件的,所有的以色列人都来到街上……戴着丝绒帽、穿蓝色羊毛袜的男人们三五成群地打着手势大声嚷嚷;脸色苍白、浮肿、僵硬得像木偶似的妇女们穿着有金色护胸的素色长裙,脸上围着黑色的头带,咆哮着从这一堆走到另一堆……在我抵达的时候，人群中起了一阵骚动。人们互相挤压，互相推搡……得到了证人的支持，作为这次突发事件那个英雄的犹太人在两道鸭舌帽的人墙中迎着暴风雨般的激励走过：

"你要报仇，兄弟；我们要报仇，为犹太人民报仇。什么都不用害怕，法律在你这一边。"

一个面目丑陋的侏儒，身上散发出松脂和旧皮革的臭味，带着一副可怜巴巴的样子走近我，叹着长气说道：

"你看到了，犹太人可怜哪，人家是怎样对待我们的！这是一个老年人呀！请你看看。他们差点杀了他。"

真的，这个可怜的犹太人的神态比死人还难看。他从我面前走过，目光暗淡，脸庞苍白消瘦，不是在走，而是踉踉跄跄往前蹭……只有一笔巨额赔偿才能使他恢复健康；因此，人们并不把他送到医生那里，而是送到代理人那里去了。

在阿尔及利亚有许多代理人，几乎跟蝗虫一样多。这行当似乎显得很吃香。在所有情况下，它的优越性就在于无须考试，无须交纳保证金，也不用培训就可以毫无障碍地走进这个行当。如同在巴黎，我们做个文人一样，在阿尔及利亚大家就当个代理人。只要稍微懂点法语、西班牙语和阿拉伯语，永远在手枪皮套里放上一本法典，诀窍是要掌握这行当的特性。

代理人的职能是千变万化的：可以轮流充当律师、诉讼代理人、掮客、鉴定人、翻译、记账员、经纪人、代笔者。这便是在殖民地的雅克师爷[1]。只是阿巴贡只有一个雅克师爷，而在殖民地大大地多于所需。仅在米里亚纳就可以一打一打地数。通常，为了逃避交纳事务所的费用，这些先生们就在大广场的咖啡馆里接待委托人，并提出自己的判断。他们提出了什么？介于苦艾酒与掺酒咖啡之间吧。

这位可尊敬的犹大被两位证人保护着走向大广场上的咖啡馆。我们就别跟着他们了。

走出犹太人居民区，我从阿拉伯事务所的房前走过。从外表看，因为它有石板屋顶，上面飘扬着法国国旗，人们会把它当成村政府。我认识这里的翻译，让我们进去同他一起抽支烟吧。一支支烟抽下来，我就会把这没有阳光的星期天消磨过去了！

事务所前面的院子里挤满了衣衫褴褛的阿拉伯人。在接待处里有五十来个人穿着呢斗篷沿墙蹲着。尽管这个贝督因人的接待处设在露天，但仍然散发出强烈的人的皮肤臭味。我们快点穿过去……在事务所里，我看到这位翻译

---

[1] 雅克师爷（le maître Jacques），法国剧作家莫里哀的戏剧《悭吝人》中的角色，阿巴贡的仆人，身兼多职。

正忙着同两个大声叫嚷的人打交道,这两人赤身露体披着肮脏的长毛毯,忿忿不平地打着手势在诉说一件我搞不清是什么念珠被盗的事。我在屋角的一块席子上坐下,我看着……这位翻译的制服非常漂亮,穿在米里亚纳的翻译身上十分得体!人和衣相得益彰。制服是天蓝色的,配着黑色的肋形胸饰和闪闪发光的金色纽扣。翻译一头金黄色鬈发,脸色红润,是一个富有幽默感和想象力的轻骑兵;他稍微有些饶舌——他会讲那么多种语言!他还是个怀疑论者,曾在研究东方问题的学校里认识了勒南[1]!他又是一个体育运动爱好者,在阿拉伯露营中应付自如得如同在专区区长夫人的舞会上一样;跳玛祖卡无人可比,烹饪北非名菜古斯古斯更为拿手。一句话,是个巴黎人,这就是我的朋友。女士们为他倾倒,您千万不用惊讶。作为衣着时髦的花花公子,他只有一个对手,就是阿拉伯事务所的执达吏。这一位穿一身纯毛细密呢的制服,配有螺钿纽扣的皮腿套,使得全体驻防士兵都感到不可企及并仰慕不已。他不属于阿拉伯事务所管辖,所以免去一切勤务工作。他总是出现在街头,戴着白手套,鬈发时髦,胳膊夹着大本登记簿。大家赞赏他,也畏惧他。这是一个权威人士。

---

[1] 勒南(Ernest Renan,1823—1892),法国著名的语文学家、哲学家和批评家。

很明显，这桩念珠被窃案子恐怕会拖很长很长时间。晚安！我可等不及它的结局了。

我走出来的时候发觉接待处里群情激奋。人群紧紧围着一个身材高大的当地土著人，他面色苍白，神态高傲，穿一件黑呢斗篷。八天前他在扎卡尔同一只豹子搏斗过。豹子被打死了，但他的手臂被吃掉一半。早晚两次，他来阿拉伯事务所包扎；每一次来，大家都把他堵在院子里听他讲打豹子的经过。他用优美的喉音慢条斯理地说起来。他不时地解开呢斗篷，露出吊在胸前用血迹斑斑的内衣包裹着的左手臂膀。

我刚来到街上，一场猛烈的暴风雨就炸开了。大雨、雷鸣、闪电、狂风……快，我们得躲下。我随便地走进一道门，就落在一群流浪儿当中，他们拥挤在一些摩尔式庭院的门拱下面。这庭院属于米里亚纳的清真寺，通常是赤贫的穆斯林的避难所，人们称其为"穷人院"。

几只浑身是跳蚤的瘦骨嶙峋的大猎狗凶巴巴地围着我打转。我背靠一根廊柱，极力装出若无其事的样子，不同任何人说话，看着雨点在院子的彩色石板上溅起水花。一些流浪汉成堆地躺在地上。我身旁一个颇有几分姿色的年轻女郎裸露着胸脯和双腿，手腕和脚踝上戴着大铁镯，正用鼻音哼着一首古怪的悲怆的曲子。她边唱边给一个赤露着红铜色身体的婴儿喂奶，而且还用空着的一只手研磨石臼中的大麦粒。

狂风驱赶着暴雨,不时湿透乳母的双腿和孩子的身体。但这女流浪者对此毫不在乎,继续唱着,在阵阵风雨中一边捣麦一边喂奶。

暴风雨逐渐减弱了。乘着间歇好天,我赶紧离开这个奇异的院子,去赴西道玛尔的晚宴,时间到了……当我穿过大广场时,我又碰见了刚才的那个犹太人。他靠在代理人身上,他的证人们欢天喜地走在他身后,一伙犹太儿童在他四周蹦跳……个个脸上容光焕发。代理人接手这个案子:他将向法庭要求两千法郎的赔偿费。

西道玛尔家的晚宴十分丰盛。餐厅面向一个高雅的摩尔式庭院,两三只喷泉正在嘶嘶喷水……出色的土耳其式菜肴备受卜里斯男爵推崇。在这些菜肴中,我青睐于一盘杏仁仔鸡、一盘香草古斯、一盘肉底鳖块——虽然有点难消化,但鲜味无与伦比;还有被誉为"法官一口酥"的蜜糖饼干……至于美酒,唯有香槟。尽管穆斯林有清规戒律,但是西道玛尔还是喝了一点——当仆人们背转身子的时候……晚宴后,我们走进了主人的卧室,这时又送上了果酱、烟斗和咖啡……这间卧室的陈设是极其简单的:一张长沙发、几张座席,在卧室最靠里的地方是一张宽大的高床,上面散抛着几只绣金的小红靠垫……墙上挂着一幅表现当年某个哈马迪海军上将战功的土耳其古画。看起来在土耳其，似乎画家们只用一种颜色画一幅画，这幅画专用绿色。大海、蓝天、舰船、海军上将哈马迪本人全用绿色描画，而且绿得出奇！……

阿拉伯人的习俗是要客人早点离开。喝完咖啡，抽完烟斗，我敬祝主人晚安，就留他同他的女人们在一起了。

我到何处去消磨这个夜晚呢？要躺下睡觉还太早，北非骑兵队还未吹响归营号。再说，西道玛尔床上的那些绣金小靠垫在我眼前跳着梦幻般的法兰多拉舞，害得我难以入睡……正好我来到剧院门口，让我们进去一下吧。

米里亚纳的剧院原是一座堆放粮草的货栈，被马马虎虎改建成为演戏的大厅。人们在幕间休息时用灌满了油的大油罐灯代替了枝形吊灯的功能。正厅后座的人站着，乐队坐在长条凳上。楼座傲气十足，因为那里有草垫椅子……大厅四周是一条长长的走廊，光线幽暗，没有地板……要是以为是在街上，那倒是什么也不缺……当我到时，戏已开演了。令我十分惊讶的是演员们都不错，我说的是男演员，他们有生气，有活力……这些几乎全是业余票友，是第三防线的士兵。团队为他们而骄傲，因此每晚来鼓掌捧场。

至于那些女演员，唉！……仍旧是而且永远是外省小剧院的女角色，自命不凡，虚张声势，矫揉造作……但是，在这些女士中有两个米里亚纳的初次登台的少女使我感兴趣……她们的父母都在场内观看,而且显得很高兴。他们坚信自己的女儿将会在这桩生意中赚到成千上万个杜罗[1]。以色列女演员拉舍尔成为百万富婆的传奇在东方的犹太人中早已家喻户晓了。

舞台上再也没有比这两个犹太女孩表现得更引人发笑和更令人感动的了……她们羞怯地站在舞台一角,涂脂抹粉,浓妆艳抹,袒胸露背,全身僵直。她们感到冷,感到害臊。有时她们含混不清地讲出一句连自己也不懂的话来,而且在道白的时候,她们的希伯来人的大眼睛惊惶失措地盯着大厅里的观众。

我从剧场里出来了……在包围我的夜色中,我听见了广场一角的叫喊声……大概是某些马耳他人正在白刀子进,红刀子出……

我信步沿着城墙回到旅馆。橘树和侧柏的沁人心脾的香气从平原上升起。空气轻柔,天空清朗……那边,在路的尽头,耸立着一堵幽灵般的古墙,这是某座古代寺庙的残迹。这堵墙是神圣的。每天,许多阿拉伯妇女前来这里悬挂她们的还愿的供品:白罩袍或织物的碎片、银线缠绕的棕红色的长辫、呢斗篷的衣襟……这一切都在淡淡的月光下,随着温柔的夜风飘拂……

---

[1] 杜罗(douro),西班牙古代银币。

煌虫
Les sauterelles

在热浪滚滚的天空中,我只见从地平线那边飞来一块紫铜色的厚厚云彩……

再说一点关于阿尔及利亚的回忆，然后，我们回磨坊去……

在抵达萨艾尔的这个农场的夜里，我无法入睡。地方陌生，旅途颠簸，豺狼狂吠，再加炎热使人软弱无力，闷得完全透不过气来，如同蚊帐的网眼无法透过一丝空气……

凌晨，当我打开窗户，一团夏日的浓雾缓缓地翻腾着，四周像镶着黑色和玫瑰色的流苏，在空气中起伏不定，就像是战场上的硝烟浮云。树叶纹丝不动，在我眼前的美丽种植园里，间隔地种在坡地上的葡萄正在烈日下产生含糖的酒汁。欧洲的水果隐蔽在阴凉的角落里，矮小的橙子树、橘树排成细长的行列，全都保持着郁郁寡欢的面目，树叶静止，正等待着狂风暴雨。同样还有香蕉树，这些巨大淡绿的高大芦苇总是随着微风吹拂而乱摇它们轻柔的细发，现在却像整整齐齐的羽毛翎饰，沉默而笔直地挺立着。

我停留了一刻，望着这座出色的种植园。这里世界上所有的树都聚集在一起，每种都按自己的生长期在异国他乡开花结果。在麦田与大片软木树之间，有一条清澈的小河，在这闷热的早晨，看见它就能令人感到清凉。我一面欣赏着这些事物的丰富多彩和整齐有序，这个有摩尔式拱形廊的漂亮农庄，鱼肚白色的平台和围绕在四周的畜栏和仓库，一面想象二十年前这些老实的普通人迁移到萨艾尔山谷落户的情景。当时他们只找到一间养路工人的破旧棚屋、一方布满低矮的棕榈树和乳香黄连木的荒地而已。一切都要开创，一切都要建设。每时每刻还有阿拉伯人的反抗。必须放下犁耙，拿起枪械作战。此外，还有疾病——眼炎、热病，荒年，缺乏经验的摸索，和经常朝令夕改、不讲道理的行政部门的斗争。得付出多少努力啊！多么艰难困苦啊！多么无休止的提心吊胆呀！

现在还是这样，虽然最困难的时刻已经结束，并且挣得了十分充盈的财富，这一男一女夫妇俩，还是每天农庄里最早起身的人。在这清晨时分，我已经听见他们在底楼来回奔忙，为工人们准备咖啡。很快，钟敲响了，过了一会儿，工人们陆续出现在路上。有勃艮第的种葡萄者，有头戴红色小圆帽、衣衫褴褛的卡比尔农夫，有马耳他人，有吕夸人，这样一群不协调的人是很难带领的。农庄主人站在门前，用简洁而严厉的口气给他们每一个人分配当天的任务。说完以后，

这个老实人抬起头,用不安的神色探究了一下天空,然后,发现我站在窗边,对我说道:

"对于庄稼这是个坏天气,西洛可热风就要来了。"

果然,随着太阳升高,一阵阵炽热而令人窒息的气流从南面向我们袭来,就像火炉门开开合合送出来的一样。人们不知道往哪里躲,也不知道接下去会怎么样。整个上午就这样过去了。我们坐在门廊的地席上喝咖啡,懒得说一句话,懒得动一动身子。几只狗想在石板地上找点阴凉,伸展躯体疲惫不堪地躺着。午餐使我们稍稍恢复了元气。这顿午餐丰盛而独特,有鲤鱼、鳟鱼、野猪肉、刺猬肉、斯塔乌埃里的干奶酪、克雷西亚葡萄酒、番石榴、香蕉,这一切我们不习惯的菜肴都像围绕我们的复杂的自然界一样……就在我们要离席的时候,突然,在为了使我们不受火炉似的花园热气侵扰而关闭的落地长窗外边,传来了一声声狂叫:"蝗虫!蝗虫!"

就像一个人听说大祸临头,我的房东脸色变得死白。我们急忙冲出门去。只有十分钟时间,刚才还如此宁静的住宅内传出了急匆匆的脚步声、乱哄哄的说话声,还夹杂着起身的骚乱动作声。佣人们从睡觉的前厅的昏暗处呼喊着冲出去,手里提着木棍、叉子、连枷和一切落在手边的金属器皿、烧锅、脸盆、平底锅等等。牧人们吹响了放牧时使用的号角,另一些人吹着海螺或猎号。这些汇成了一片恐怖而不和谐的喧哗,其中压倒一切的是从邻近的村舍里赶来的阿拉伯妇女们发出的"唷！唷！唷！"的尖厉叫声。通常，似乎只要发出巨大的声响，一阵有声的空气振动就能赶跑蝗虫，阻止它们降落。

但是，这些可怕的野兽到底在什么地方？在热浪滚滚的天空中，我只见从地平线那边飞来一块紫铜色的厚厚云彩，像是一片雪珠凝结的云裹挟着狂风暴雨穿过万木丛生的森林而发出的咆哮。这就是蝗虫。它们伸展干硬的翅膀互相依靠，成群结队地飞着。不顾我们的呼喊和种种努力，蝗虫的云团一直扑向前来，在平原上投下大片阴影。很快，它们就飞临我们的头上，一秒钟之间人们就在云团的边缘看到了散出的丝缕，道道裂缝。就像骤雨的先头雨滴，一些蝗虫已经脱离整体，看得清清楚楚，淡红棕色的。然后整块云团碎裂了，雪珠般的昆虫密密麻麻地呼啸而下。一望无际的田野盖满了蝗虫，如手指粗细的无数蝗虫。

这时，大屠杀开始了。一片折翅断肢的可怕噪声。人们用耙子、十字镐、犁铧翻动着这层变幻不停的浮土。杀得越厉害，蝗虫反而越多。它们一层层麇集起来，用长腿乱蹬乱踢。上面的几层绝望地蹦跳，跳到正准备驾犁来翻耕这片奇特土地的马的鼻子上。阿拉伯农庄的狗也穿过田野冲进来，朝蝗虫猛扑过去，疯狂地咬碎它们。这时候，由喇叭开道的两队阿尔及利亚的步兵也赶来支援这些不幸的移民，屠杀的场面改变了。

士兵们喷射出一串串长长的火药烈焰以替代用扑杀的方式来消灭蝗虫。

我直杀得筋疲力尽，恶臭令我恶心，于是我回到屋里。农场屋里面的蝗虫几乎同外面一样多。它们是通过开着的门、窗和烟道钻进来的。在护墙板的边缘，在已经吃尽的窗帘里，它们爬来爬去，跌下来，飞上去，在白墙上像一片巨大的阴影攀援着，使得它们显得更加丑陋，还让恶臭长久地留着。晚餐时，只得放弃用水。蓄水池、水塘、井、养鱼塘，到处都被污染了。我的卧室里虽然已经杀死了大量的蝗虫，但晚上我仍旧听见家具下有骚动的声响，这鞘翅的振动折裂声就像豆荚在高温中爆裂一样。这一夜我根本不能入睡。再说，农庄四周的人全部都醒着。平原的地面上，从这头到那头，火苗仍在蹿动。阿尔及利亚的步兵们一直在烧杀蝗虫。

次日，当我像昨日一样打开窗户时，蝗虫离去了。但是，它们身后留下了多么触目惊心的残痕啊！再也没有一朵鲜花，再也没有一茎嫩草：一切都是焦黑的，被啃光，被烤成乌炭。香蕉树、杏树、桃树和橘树都只能凭它们的光秃树枝的外形勉强辨认，没有婀娜多姿的树叶迎风招展，而树叶是树的生命所在。人们清扫了水塘和蓄水池。到处都有农夫在深翻土地，为了根除害人的昆虫留下的虫卵。每一个土块都翻过来，仔细地敲碎。当看见千万条饱含液汁的雪白根须出现在肥沃土地的劫难之中，人们的心都要碎了……

蝗虫的云团一直扑向前来,在平原上投下大片阴影。

受人尊敬的戈谢神甫的"神酒"

L' élixir du révérend père Gaucher

要是您知道这神酒的来历多么有趣就好了!还是听我说吧……

"请喝这个吧,我的好邻居,您会对此赞不绝口的。"

一滴一滴地,像珠宝工人精确计算珍珠那样小心翼翼,格拉韦松的教士给我斟了两指深的略带酸味的液体,金黄、温热,闪着光泽,味道很好……我的胃整个感到暖烘烘的。

"这是戈谢神甫的'神酒'[1],是我们普罗旺斯的欢乐与健康,"这位诚恳的人带着胜利的神态对我说道,"这是在普赖蒙特莱修士的修道院里制造的,离您的磨坊仅有两法里地……难道这不比世界上所有的查尔特勒修道院出产的酒更

---

1 神酒,原文 élixir 意为"酏剂",是一种含有糖和挥发油,或另含有主要药物的酒精溶液的制剂。

好?……要是您知道这神酒的来历多么有趣就好了!还是听我说吧……"

本堂神甫的餐厅十分简朴、十分安静,挂着几小幅耶稣受难的系列画,漂亮的浅色窗帘浆洗得像白色法衣。一脸天真模样的修士就是在这间餐厅里,一本正经地仿照伊拉斯谟[1]或阿苏西[2]的故事形式,开始对我讲起一个稍嫌可疑和不够严肃的小故事。

二十年前,普赖蒙特莱的修士们,或者依照我们普罗旺斯人的称呼叫作白衣神甫,正处于十分贫困的境地。如果您曾看见过那时他们的住所,会使您感到悲伤。

高墙和帕戈姆塔岌岌可危,快要破碎成片。隐修院的周围杂草丛生,廊柱断裂,石雕的神像全倒在神龛里。没有一扇彩绘玻璃窗完好无损,没有一道门维持原样。在内院,在祭坛里,从罗讷河上吹来的风就像吹在无遮无拦的卡马尔格原野上的风一样,吹灭了蜡烛,折断了封彩色玻璃的铅条,刮走了圣水盘里的水。但最让人伤心的,是修道院的钟楼寂静得如一个空空的鸽笼,而且神甫们无钱购买一个祷钟,只

---

[1] 伊拉斯谟(Desiderius Erasmus Roterodamus,1466—1536),文艺复兴时期著名的人文主义思想家。
[2] 阿苏西(Charles Coypeau d'Assoucy,1605—1677),莫里哀同时代的法国诗人、剧作家、音乐家。

能用杏树木板来敲早祷的信号!……

可怜的白衣神甫们哪!我还看到他们在圣体瞻礼的祭典行列里,穿着补得百衲衣般的短披风,愁眉苦脸地前进。他们脸色苍白,瘦骨嶙峋,依靠南瓜和西瓜充饥。他们的后面走着修道院院长,低着头,为自己在光天化日之下穿着褪色的法衣和戴着被虫蛀坏的白羊毛主教帽而羞愧万分。慈善会的夫人们在行列里因同情而落泪,扛彩旗的大个子们指着这些可怜的僧侣,低声地嘲笑着:

"当这些没头脑的人成群走的时候,一定越走越瘦。"

事实是到了这些不幸的白衣神甫自己考虑该不该飞出这个世界而另找更好活路的时候了。

然而,当有一日在教士会议上辩论这个重大问题的时候,有人来向院长报告,说戈谢修士请求听一听他的建议……供您参考,您会知道这个戈谢修士原是在修道院里放牛的,也就是说他赶两头骨瘦如柴的奶牛在石头缝里寻草吃,自己则在回廊里转悠以打发日子。他在波克司地方由一个叫作贝贡大姐的疯婆子抚养到十二岁,然后被修道院收留。这个不幸的放牛倌除了赶牛和背诵天主经之外从未学过任何其他东西;此外,他是用普罗旺斯方言来背天主经的,因为他脑子笨拙,像一把铅做的刀子。他自甘做个苦行僧,并以坚定的信念恪守清规戒律,但他是个虔诚的基督徒,而且骁勇!……

当大家看见他走进会议室,大大咧咧和笨手笨脚地向后伸腿朝与会者致礼时,院长、议事司铎、司库,所有的人都笑开了。这个面孔善良、有着花白的山羊胡子和一双略带痴癫的眼睛的人无论走到哪里,都会产生这种效果。但戈谢修士自己对此无动于衷。

"我尊敬的神甫们,"他用憨厚的语调说,一面转动着用橄榄核做的念珠,"别人说得对,空桶响得最好听。你们设想一下,我是尽力去挖掘我这已经挖空了的可怜脑袋瓜的。我觉得我已经找到了一个让我们大家摆脱困境的方法。"

"事情是这样的。你们都很了解贝贡大婶,就是在我小时候抚养过我的那个老实巴交的女人。她喝得烂醉以后会唱许多不堪入耳的歌,这个老女妖,愿上帝保佑她!不过我要告诉你们,我尊敬的神甫们,贝贡大婶在世的时候熟悉山上的百草,要比科西嘉岛上的乌鸦还内行。真的,甚至她在晚年,配制出了一种无与伦比的药酒,她掺进酒内的五六种药草都是我们一同在阿尔比勒山上采集的。这事已经过去许多年了,但我认为依靠圣·奥古斯丁的帮助和我们院长神甫大人的允许,我可能——要尽力好好去搜寻——会重新找到这种神秘药剂的配方。到时候,我们只要把它装进酒瓶,并卖得贵一点,就会使我们团体的财富慢慢增加。我们的特拉普修道院和拉格朗德修道院的修士们就是这样做的……"

他还来不及把话说完，院长已经站起来扑过去抱着他的脖子了。议事司铎们拉住了他的手。而司库则比其他人更激动，尊敬地吻着他已经绽裂的风帽的边缘……然后大家又回到各自的位子上进行讨论。而当会议结束时，已经决定把奶牛托付给特拉西布勒修士看管，以便戈谢修士能够一心一意酿造他的"神酒"。

这位热心的修士怎样成功地重获贝贡大婶的秘方？花费了多少努力作代价？经过了多少个不眠之夜？故事没有提及这些问题。唯一可以肯定的是，六个月以后，白衣神甫们的"神酒"已经名闻遐迩了。在整个孔达地区，在整个阿尔勒地区，没有一家农舍，没有一间食品库房不在它的葡萄酒瓶和腌制橄榄坛子之间放着一个盖有普罗旺斯徽章的赭色小陶罐，银色商标签上印着一个心醉神迷的僧侣像。靠着这"神酒"的畅销，普赖蒙特莱的修道院很快就致富了。人们重修了帕戈姆塔。修道院院长有了一顶新的主教帽，教堂有了精工细作的漂亮彩绘玻璃；而且在钟楼的精美的花边雕刻中，曾经突然倒塌的一组编钟和小铃铛，又在复活节的一个晴朗早晨叮叮当当地响起来，钟声飞得十分悠远。

至于戈谢修士，这个相貌丑陋的可怜修士曾经因其粗俗被教士会议作为笑柄，现在他在修道院里不再被人非议了。打那时起，大家只知道受人尊敬的戈谢神甫是个头脑精明、学识渊博的人。他已完全脱离了修道院的琐碎事务。每天当三十个僧侣上山去为他搜寻药草的时候,他只把自己关在蒸馏室里……包括院长在内,任何人都无权进入的这间蒸馏室,原先是一间废弃的小祭坛,位于议事司铎的花园末端。心地善良、头脑简单的神甫们把蒸馏室变成了一个神秘而奇妙的地方。如果偶尔有个大胆和好奇的年轻修士冒险攀着葡萄藤,一直爬到门楼上的玫瑰形窗前,他很快就会滚落下来。因为他惊愕地看到戈谢神甫戴着巫师胡子,俯身在他的炉灶上面,手中拿着比重计;而在他的四周是些玫瑰红砂岩的蒸馏罐、巨大的蒸馏锅、水晶曲管,一切全是稀奇古怪的东西在彩色玻璃的红色光芒里闪闪发亮……

在落日余晖里,当每日最后一次钟声敲响的时候,这个神秘处所的门才悄然打开,受人尊敬的神甫去教堂做晚祷。真该看他步入教堂时受到多么隆重的接待!修士们在他经过的地方排成人墙,有人说道:

"嘘,别出声!……他有法术!……"

司库跟在他后边,低着头对他说话……在阿谀奉承中,这位神甫边走边擦额头的汗水,宽边的三角帽扣在后脑勺如同一圈光环,同时满意地望种着橘树的大院,转动着新风向标的蓝色屋顶,以及在洁白耀眼的修道院里高雅的花雕柱中间两人一列、穿着一新、精神振作的议事司铎们。

"全靠了我,他们才有这一切!"受人尊敬的神甫在心底暗想道。每一次这种想法都让他增加了一份骄傲自大。

您将看到,这个可怜人要为此受到严厉的惩罚……

您设想一下,有天傍晚在做晚祷的时候,他是在一种异乎寻常的焦躁不安中来到教堂里的。他红着脸,气喘吁吁,风帽歪戴,慌张到蘸圣水的时候竟把臂肘处的衣袖都给浸湿了。开始大家还以为他是因为迟到才显得慌张;但是,人们却看见他没有向主祭台行礼,而是对着管风琴和讲台恭敬致意。然后一阵风似的穿过教堂,花了五分钟时间在祭坛里游来晃去寻找自己的祷告席。一坐下,又心满意足地笑着左顾右盼。于是一阵惊讶的窃窃私语在三座殿堂里传开了。大家如在念日课经一样地低声问道:

"我们的戈谢神甫出了什么事!……我们的戈谢神甫到底出了什么事?"

忍无可忍的修道院院长两次用权杖敲击石板地面要求大家肃静……在祭坛的深处,赞美诗还一直在唱,但应和者已经缺乏激情了……

突然,圣母经唱到一半,戈谢神甫仰面倒在祷告席上,直着嗓子唱起来:

在巴黎,有个白衣神甫,

巴达叮，巴达当，达拉砰，达拉邦……

一片惊慌。全场都站立起来。有人叫道：

"把他带走！……他鬼迷心窍了！"

议事司铎们画着十字。主教的权杖使劲地挥舞着……但戈谢神甫什么也看不见、什么也听不到。两个身强力壮的僧侣不得不把他从祭坛的小门拖出去。他像被人驱邪一样地竭力挣扎着，更加起劲地继续唱着他的"巴达叮"和"达拉邦"。

第二天，天刚亮，这个倒霉鬼已经跪在院长的祈祷室里了。他泪如泉涌地忏悔他的深重罪过：

"这都是那个'神酒'，主教大人，这都是那个'神酒'作弄了我。"他顿足捶胸地哭着。

看到他如此悲痛，如此后悔不已，仁慈的修道院院长自己已经感动了。

"好了，好了，戈谢神甫，请您安静，一切都会像阳光下的露水一样消失的……毕竟这件丑事也没有您想的那么严重。那首歌里虽然……嗯！嗯！……总之，但愿那些新教友们再别听见就好……现在，那么，请告诉我，您那些事到底是怎样发生……是为了检验'神酒'，对吧？也许您下手时过量了一点……对，对，我理解……这正像火药的发明者施瓦茨修士[1]那样,您也成了自己发明的受害者……诚实的朋友,请告诉我,您是否一定有必要亲自去检验这可怕的'神酒'呢?"

"很可惜,正是这样,主教大人……是试样让我饱尝了高浓度的酒精;但是,为了完美和可口,我只能用自己的舌头……"

"是吗?很好……但请您再听我说几句,当您必须品味这种'神酒'的时候,您觉得它很香吗?您从中得到乐趣吗?"

"哎哟!对呀,主教大人,"倒霉的神甫变得满脸通红,"最近两夜我才品味出它的香味,甘美!……确确实实是魔鬼向我施了恶毒的诡计……我因此而决定今后再也不去品尝了,哪怕它是样品。如果酒味不够芳香,酒的泡沫不够多,也只能随它去了……"

"您可得注意,"院长生气地打断了他的话,"不应该招惹顾客的不满……您现在需要做的就只是事先考虑,就是严格约束自己……我们来看看,您应该怎样加以计算呢?……十五滴或者二十滴,对不对?……就算二十滴吧……如果魔鬼用二十滴来作弄您,那他也太狡猾了……再说,为了防止

---

[1] 施瓦茨修士(Berthold Schwarz,约1318—约1384),德国方济各会修士、化学家。在欧洲的民间传说中被认为是西方黑火药的发现者。

一切事故，我允许您今后不必再来教堂。您在蒸馏室里做晚祷……现在，请您放心地走吧，我尊敬的神甫，而主要的是……数清楚您的酒滴。"

唉！可怜的受人尊敬的神甫，他再计算酒滴也是徒劳无益的……魔鬼已经抓住他，再也不会放走他了。

蒸馏室里响起了独特的祷词！

白天，一切都还进行得不错。神甫显得相当镇静：他准备炉子、蒸馏器，精心拣选药草，所有的药草都是普罗旺斯特产，纤细的、灰色的、锯齿形的，散发着阳光和浓香……但是，一到傍晚，当药草经过泡制，"神酒"在紫铜大盆里逐渐加温的时候，这可怜的人就开始受折磨了。

"……十七滴……十八……十九……二十滴！……"

"神酒"一滴滴从吸管里落到镀银杯子里。这二十滴，神甫一啜而空，几乎什么乐趣也没有。只有第二十一滴才能引起他的渴望。噢！这第二十一滴呀！……为了逃避诱惑，他走到实验室的尽头跪下，使自己沉浸在不断的祈祷声中。然而还在发热的酒液中升起一丝香气在他四周飘荡，而且不管愿意不愿意，那缕幽香把他引回到铜盆边上……液汁已经呈现出美丽的金绿色……神甫弯下身子，张开鼻孔，用他的吸管缓缓搅动着。荡漾的碧波上闪着星星点点的金光，他仿佛看见了贝贡大姊的双眼正微笑而神采奕奕地望着他……

"来吧！再来一滴！"

于是一滴接一滴，不幸的人最终把他的杯子装得满到杯口。这时候，他才筋疲力尽地倒在一把大圈椅中，完全放松身子，半合着眼皮，一面小口地品味着他的罪过，一面带着极愉快的内疚，低声地自言自语：

"啊！我会入地狱……我会入地狱……"

最可怕的是，我也不知道他用什么魔法在这毒辣的"神酒"中重新找回了贝贡大婶唱过的所有淫词滥调："三个小长舌妇，谈着办一桌酒……"或者是："东家安德烈的放羊小姑娘，孤身走进了树林子……"再就是总唱着那首著名的白衣神甫之歌："巴达叮，巴达当。"

第二天，他房间隔壁的人用狡狯的神气对他说：

"嗳！嗳！戈谢神甫，昨晚您躺下睡觉时，头上有不少知了在叫哇。"

您可以想想他是多么尴尬。

于是，泪流满面，对自己深恶痛绝，又是斋戒，又是穿苦衣，又要求苦鞭。但是这一切都抵挡不住"神酒"的魔力；每天晚上，一到相同的时刻，他又开始中邪了。

这个时期，订单像雨点般落到了修道院，这真是上帝的恩宠。订单来自尼姆、埃克斯，来自阿维尼翁、马赛……一天天过去，修道院变得像个小工厂了。有包装修士，有贴商标的修士，有登记账目的，也有拖运大车的。侍候上帝时也总是这里那里遗忘了敲钟。不过当地的穷人却什么都记在心里，这一点我可以向您保证……

不料，一个晴朗的星期天早晨，正当司库在全体教士会议上宣读年终结算，而所有善良的议事司铎们都眼睛发亮、嘴角挂笑、专心静听的时候，戈谢神甫却大喊大叫着冲到了会场中间：

"完了……我再也不干了……把奶牛还给我吧。"

"究竟发生了什么事，戈谢神甫？"已经差不多猜着几分的修道院院长问道。

"发生了什么事吗，主教大人？我正准备让自己受那万劫不复的刀山火海的折磨呢……我喝上瘾了，喝得像一个无耻之徒……"

"可我对您说过要计算好滴数的呀。"

"啊！不错，算好我的滴数！现在都要用杯数来计算了……是的，我尊敬的神甫们，我已经到了这个地步了。每个晚上要喝三瓶……你们十分清楚这种情况绝对不能再继续下去了……因此，请你们随便让谁去制造'神酒'吧……如果我还掺和在里面，让上帝把我烧死吧！"

这一回全体与会者再也笑不起来了。

"可是，倒霉蛋，您把我们全毁了呀！"司库挥着他的大账簿喊着。

"难道你们更希望我入地狱?"

这时候,修道院院长立起身来。

"我尊敬的各位神甫,"他伸出一只戴着闪闪发光的主教戒指的白净手掌说道,"有一个两全其美的办法……我亲爱的孩子,魔鬼只在晚上才诱惑您,对不对?……"

"是的,院长大人,每天傍晚十分准时……因此,现在,我一看见夜色降临就浑身冒汗,请勿见怪,就像卡比杜的驴子看到驮鞍一样走不动路[1]。"

"好吧,请放心……从今往后,每天做晚祷的时候,我们都将为您诵读圣·奥古斯丁的祷文,有了这祷文,一切全可以赦免……有了它,无论出现什么情况,您都会受到庇佑……这是用于宽恕犯罪的。"

"噢!好,那就多谢了,院长大人!"

再没有什么可要求的了,戈谢神甫像一只百灵鸟一样轻快地飞回他的蒸馏器中间去了。

事实正是如此,从那时起,每天晚祷结束时,主祭总不忘记说:

"为我们可怜的戈谢神甫祈祷吧,他为了公众的利益而牺牲自己的灵魂……愿主保佑我们……"

---

[1] 卡比杜的驴子,典故源于普罗旺斯谚语"卡比杜的驴子看到驮鞍就不动",形容懒人。

正当祷告在俯伏在教堂大殿阴影里的白色风帽之上如轻风拂过雪地一样飘过时,在那修道院的最里面,人们可以听见戈谢神甫声嘶力竭地在唱着:

在巴黎,有个白衣神甫,
巴达叮,巴达当,达拉砰,达拉邦……
在巴黎,有个白衣神甫,
他让修女小姐们跳舞,
三位一体,三位一体,三位一体,
在一个花园里,
他让跳……

唱到这里,这个善良的教士吓得要死地住了口:
"天哪!要是我堂区的教友听见了我唱的歌可怎么办!"

在卡马尔格
En Camargue

越过了耕地，我们处身于卡马尔格的荒野之中。

一、起程

城堡里一片巨大的嘈杂声。邮差刚才送来一封看守员的短信,一半写的是法语,一半写的是普罗旺斯语,信上说已经有两三种诸如卡雷戎或是沙洛蒂纳这样的候鸟出现过了,而且其他的珍贵鸟类也不少。

我可爱的邻居们写信邀请我道:"您和我们是一家子!"于是这天凌晨五点,他们满载猎枪、猎犬和食品的四轮大马车就来带我到山坡下去。我们立刻奔驰在通往阿尔勒的大路上了,道路略显干燥和破败。在这十二月的早晨,橄榄树上勉强可见一些淡淡的绿色,胭脂虫栎的生硬枝叶显出冬日不自然的景象。牲畜栏里牛羊开始骚动起来。有些不等天亮就起床的人已点灯把农场的玻璃窗照亮。蒙玛茹尔修道院高低错落的石头里,一些白尾海雕睡眼惺忪地拍打着翅膀。然而,沿着水渠,我们已经迎面碰见不少农村老妇骑着毛驴一溜小跑去赶集。她们来自波克司市,走了长长的六法里路程之后,再在圣·特洛菲姆教堂的台阶上坐一个钟头,出售她们从山中采集的药草……

现在,我们已经来到阿尔勒的城墙边。城墙低矮,有雉堞,就像人们从古代的版画上看见的那种,比手执长矛站在山坡上的士兵略高些。我们马不停蹄穿过这座风景如画的小城。它是法国最美的城市之一,有圆形的雕花阳台,同阿拉伯有木栅栏的阳台一样突出在狭窄街道的中心,还有摩尔式小门的黑房子,尖顶,矮小,把您带回到短鼻子纪尧姆[1]和撒拉逊[2]时代。这时候,户外还不见人影。只有罗讷河岸边热闹非凡。准备去卡马尔格的汽船已在码头阶石下升火待发。穿着赭红色粗呢衣衫的庄户人家和准备去农场打工的罗盖特地方的姑娘们边谈边笑地同我们一起走上甲板。由于早晨的劲风,栗色的女式长披风翻折起来,露出阿尔勒式的高高发髻,使得脑袋雅致而小巧玲珑,同时又有一颗妖艳的美人痣。这高昂的脑袋是希望把嬉笑和调皮话传得更远一些……钟声响了,我们起程。在罗讷河水流、螺旋桨的转动和风力的三种合力下,两岸飞速向后退去。一边是克劳地方,布满沙砾

---

[1] 短鼻子纪尧姆(Guillaume Court-Nez),九世纪英雄史诗中的法国英雄。
[2] 撒拉逊(Sarrasins),中世纪时的伊斯兰帝国。

的干涸平地。另一边是卡马尔格，绿意盎然，浅草和芦苇丛生的沼泽一直延伸到大海边上。

轮船经常在左右两岸的趸船边停靠，或者如中世纪阿尔勒王国时期流传至今的罗讷河上老船长们的说法，船停靠在左岸称"帝国"，停靠在右岸称"王国"。每个码头边都有一个白色的桁架和一片小树林。工匠们扛着工具下船去，妇女们臂挽竹篮，站立在舷梯上。随着在帝国或王国的停靠，轮船渐渐变空了。当轮船抵达我们上岸的马德吉罗码头时，甲板上几乎空无一人。

马德吉罗是巴尔邦达纳望族的古老农庄，我们进门去等待看守来接我们。在高大宽敞的厨房里，农庄里所有的男人，农夫、种葡萄工、牧人、小羊倌都在餐桌边表情严肃而且悄然无声地慢慢吃饭。女人们在服侍他们后再添餐。看守员很快就带着一辆小篷车来了。正像是美国小说家菲尼摩尔·库珀笔下的典型人物，他既是一个渔猎好手、渔业警察，又是一个猎场看守员。当地人把他叫作"游魂"，因为他总是在晨雾或暮霭中在芦苇丛里潜伏，或者一动不动地坐在小船上紧张地守候着池塘或水渠上的捕鱼篓子。也许是长期专职地从事这个职业，他变得如此沉默寡言和专心致志。然而当载着猎枪和篮子的小篷车来到我们面前时，他就告诉我们有关打猎的信息，候鸟的数量和其他过路鸟类降落的区域。就在交代的同时，我们已经进入腹地了。

越过了耕地，我们处身于卡马尔格的荒野之中。一望无际的牧草里，一些沼泽和沟渠在盐角中闪烁发亮。一簇簇柽柳和芦苇组成如平静海面上的小岛。没有一棵大树。巨大而面貌单一的平原没有凌乱的迹象。一个个牲口棚的低矮屋顶越来越远地延伸下去，一直到与地平线相齐。四散放牧的牲畜有些躺在盐角草中，或者围着牧人的赭红色帽子行走着，没有打乱均匀的大行列，与这无尽的苍穹和大地相比，它们是微乎其微的。虽然大海波涛起伏，但仍显得单一，这广袤的平野也使人有一种寂寥和空旷辽阔的感觉。由于劲吹不断的密斯脱拉风无遮无拦，这种感觉更加强烈了，似乎强劲的风力把平原刮得更平坦，景色更扩大。一切都在它面前低头哈腰。最矮小的灌木丛也保留着风过的痕迹，被摧残的模样，以溃不成军的姿态向南方倒去……

二、棚屋

以芦苇作顶，以黄色枯干的芦苇作墙，这就是棚屋。我们的打猎聚会同样召集在这里。这是一间卡马尔格式的房屋，只有一个单间，高大、宽敞，没有窗子。白天就靠一扇玻璃门采光，晚上遮上严实的百叶板。沿着又高又宽的白石灰土墙，有许多架子留待存放猎枪、装猎物的口袋和蹚沼泽地的高靴。靠里壁有五六只摇篮放在一根竖立到顶作为房柱的桅杆边上。夜里，密斯脱拉风一刮，屋子到处格格作响；加上远处大海的涛声和呼啸而来的风使响声越变越大，人们以为自己是躺在船舱里呢。

但是在下午，棚屋却特别令人喜爱。由于地中海的冬日最美，我喜欢独自留在烧着一些柽柳根的高高火炉旁边。在密斯脱拉风或北风的吹刮下，门跳动着，芦苇瑟瑟作响，而这些震颤都只是我四周大自然的巨大震荡的小小回响而已。冬日的阳光被狂风敲击得四分五裂，光线乍聚乍散。大块大块的浮云在蔚蓝的天空下游动着。阳光跳动着洒落下来，风声也时强时弱。突然听见了畜群的铃声，然后很快消失在风中，又重新带着悦耳的回音响在摇晃的门外……最美好的时刻是猎人们尚未回家之前的那一刻黄昏。这时风已平静。我出门小憩片刻。一轮如血残阳正静静西沉，它像在燃烧，但没有热力。夜色降临，它用湿润的黑色翅膀在您身旁轻轻拂过。远处，几乎与地面相平的地方，像一道子弹射过迸发的光芒，拖着一颗红星的光彩照亮周围的阴影。在这一天残余的片刻，生活更加匆匆。一大群野鸭排列成一个大三角形在低空飞来，似乎想寻找降落的土地，但突然棚屋点燃起灯火，把它们赶跑了。领头的一只野鸭伸直脖子腾空而起，后面所有跟着的野鸭发出惊慌的叫声飞得更高。

立刻，一阵巨大的踏步声犹如急促的雨点由远而近。成千上万只绵羊由牧羊人吆喝着，在牧羊犬的驱赶下，惊慌失措、争先恐后地朝羊圈拥挤过来，人们听见一片紊乱的奔跑声和急促的喘息声。我被卷进这个鬈曲的羊毛和咩咩叫声的旋涡中挨挤着，混杂着；这是真正的浪潮，牧羊人和他们的影子似乎在这浪潮中随波逐流……羊群后面是熟悉的脚步声、欢乐的谈笑声。棚屋里挤满了人，生气蓬勃，喧闹不绝。树枝烧着了。人们已经相当疲乏了，但笑声更欢畅。这是幸福的劳累后的一种忘乎所以，把猎枪放在屋角，长筒靴到处乱扔，把猎物袋倒空；而在另一边是血迹斑斑的有赭红、金黄、绿和银白等各色羽毛的飞禽。餐桌已经摆好。在鲜美的鳗鱼汤的热气里一片寂静，这些食欲旺盛的人食不出声。只有在门前舔着食盆的猎犬的恶狠狠的呼噜声才打破了这片寂静……

饭后的聊天十分短暂。火光闪烁的火堆边已经只剩下看守员和我两人。我们在闲谈，就是说互相不时地像农民一样垫上一言半语，这些几乎上连下接的感叹语很短促，很快就同树枝烧尽后留下的最后火星那样熄灭了。看守员终于也站起身来，点着了他的灯笼。于是，我听见他沉重的脚步声消失在黑夜之中……

三、期望（在潜伏处）

"期望"！对于表示暗中埋伏的猎手在日夜心绪不定的潜伏和企盼一切的时刻，"期望"是个多么美妙的字眼。"期望"在白天和黑夜之间犹豫不决。早晨的潜伏在日出之前，傍晚的潜伏在黄昏时分。我比较喜欢傍晚的潜伏，特别是在清水粼粼的沼泽地带。

有时候，人们在一种叫作"淹死狗"的小船中潜伏，这是一艘没有龙骨的独木舟，船身狭小，稍一动作便会摇晃起来。猎手以芦苇作掩护，躲在船舱底部守候着野鸭，仅仅露出帽舌、猎枪的枪管和时时要透透空气和咬咬蚊子的狗头。这狗要是两条大腿一伸，就会搞得小船倾向一边，灌进不少的水来。这种潜伏方式对于我这个外行来说实在过于复杂。因此，我最经常的"期望"是步行去潜伏，穿上全部用皮革制成的大靴子，在满是泥水的沼泽中行走。我缓步慢行，小心翼翼，害怕陷入泥潭。我避开充满恶臭的腐烂芦苇和跳动的青蛙……

终于，我来到一个长着柽柳的小岛，在一角干燥的土地上歇了下来。看守为了讨好我，把他的猎狗留给了我。这是一只长着又白又密的长毛的比利牛斯大狗，打猎捕鱼都是一流高手，但它的在场却只能使我感到有点害怕。当一只黑水鸡出现在我的射程之内时，它把身子往后一缩，用某种嘲讽的神气望着我，头像艺术家一样一摆，两只软绵绵的长耳朵垂在双眼上。接着，摆出一副要逮什么的姿态，摇动尾巴，这一切不耐烦的神态都是为了告诉我：

"开枪……开枪呀！"

我开枪了，我没打中。于是，它放松了整个身子，打着呵欠，用懒洋洋的、垂头丧气和傲慢的神色躺了下去……

行啦！不错，我承认自己是个一窍不通的猎手。对于我，潜伏就是夕阳西下的时刻，渐暗的光线隐入水中，水塘闪闪发光，把暗淡天空的灰色打磨成清纯的银白。我喜欢这水的气味，这芦苇中昆虫的神秘的沙沙声，这细长草叶摇曳时发出的瑟瑟声。有时，一声凄然的幽鸣像螺号一样传来，划过长空。蒲鸡用它捕鱼的大嘴插进水里吹气……呼噜噜噜！一队白鹤从我头顶飞过。我听见了羽毛的摩擦声，散乱的绒毛在气流中的飘荡声，甚至小小翎骨因负担过重而发出的咯咯声。然后，万籁俱寂。夜来了，沉沉长夜，只有一丝余光浮留在水面……

突然，我感到一阵哆嗦，一阵神经质的不安，似乎有谁站在我的身后。我转过身去，发现了清朗长夜的伙伴，月亮，一轮皎洁的明月正徐徐升起。开始它冉冉上升的速度很易觉察，随着越来越离开地平线，上升的速度便渐渐放缓了。

第一缕月光已经清晰地出现在我身旁，然后另一缕照射得更远……现在，整个沼泽地已被照亮。一茎细草都有了自己的影子。潜伏结束了,所有飞禽都能看清我们,应该回家去。大家在轻柔的蓝色的迷蒙月光中行进。我们踏进水塘和水渠的每一步,都摇动了倒映在水中的繁星和直射水底的月光。

四、红与白

紧靠我们棚屋只有一箭之遥的地方,还有另一间类似的棚屋,不过更为简朴。我们的看守员带着妻子和两个年长子女住在那里。女儿照料大家的饮食,修理缝补渔网;男孩帮助父亲提拉捕鱼的篓子和看管水塘的闸门。两个年幼的子女住在阿尔勒的祖母家里。他们要在那里待到学会识字和初领圣体的时候,因为这里离教堂和学校都太远,而且卡马尔格的环境对这些小孩子一点也不适宜。实际上,一到夏天,当沼泽干涸,水渠的白色淤泥被烈日晒得龟裂的时候,小岛上的确无法住人。

有一次我看见过这种景象。那是在八月,我来这里打小野鸭,我永远也无法忘记这赤日炎炎景象中的悲惨和可怕面貌。每到一处,所有水塘都像是在烈日下冒着蒸汽的大缸,在缸底还有一些残留的生命在蠕动。一些蝾螈、蜘蛛和水蝇麇集着寻找潮湿的角落。那里有瘟疫的瘴气,数不清的蚊子飞来舞去,更加剧了混浊的腐烂毒气。看守员全家都在打寒战，发高烧，看见他们个个面黄肌瘦，病病歪歪，眼圈发黑，真是于心不忍。对这些不幸者的折磨实在太大了，整整三个月，炎炎赤日烤炙着这些身患热病的人，使他们无法恢复元气……在卡马尔格当一个猎场看守员是多么凄惨和艰苦的生活啊！这位看守员身边总还算有妻子和儿女；而在两法里外的沼泽地里还住着一个养马人，他才是一年到头过着真正鲁滨逊式的与世隔绝的生活。在他亲手搭建的芦苇棚里，从柳条编的吊床，三块黑石垒成的炉灶，柽柳树根削成的板凳，到用来关锁这独特住处的白木锁具和钥匙，没有一样不是他亲手所做。

这个男人至少与他的住房一样奇特。这是一类冷静的智者，在浓密而蓬乱的眉毛下遮盖着农民特有的不信任感。当他不在牧草场的时候，人们准能看见他坐在自家门前，以儿童般令人感动的专心，慢慢地辨读着一本本粉红色、蓝色或黄色的小册子。这些书都是放在为马治病的小药瓶子旁边的。这个可怜的怪人除了读书没有别的消遣，而书也就是这么几本。虽然两家棚屋相隔不远，但我们的看守员与他互不往来。他们甚至避免见面。一天，我问"游魂"，他们彼此反感的缘由，他神色严厉地回答我道：

"这是由于政治见解不同……他是红党，而我是白党。[1]"

---

[1] 红党，指革命党；白党，指保皇党。

就这样，甚至在这个荒野里，原本因为孤寂而应该互相接近的两个离群索居的人，两个同样无知、同样朴实的人，宛如两个忒俄克里托斯[1]作品中的放牛郎，一年难得进城一次，阿尔勒的小咖啡店和镀金装饰以及玻璃橱窗就使他们觉得如托勒密的王宫一样眼花缭乱，却因各自的政治信仰而互相憎恨起来！

五、瓦卡雷斯湖

在卡马尔格，最美的地方就是瓦卡雷斯湖。我经常放弃打猎，来坐在这个咸水湖的岸边。这犹如大海一角的小海被陆地围住，它自己也对这种囚禁习以为常了。瓦卡雷斯湖没有这一地带通常的那种干燥和令人伤心的枯燥乏味；在地势稍高的湖滨，天鹅绒般的如茵绿草上铺满了各种奇特动人的植物：矢车菊、水生三叶草、龙胆草，还有冬蓝夏红的美丽补血草，它们随季节的转换而改变色彩。连绵不断的花信中，各种色调标志着各个季节。

傍晚五时左右，一轮红日西斜，三法里的水面上没有一

---

[1] 忒俄克里托斯（Théocrite，约前310—前250），公元前三世纪的古希腊诗人，田园牧歌创始者。作品都以农夫、渔民和牧人为题，描写和赞美农村生活。

只小船，没有一片风帆来阻隔视线和改变它的宽广，浩瀚的水面有着迷人的景象。这已不是水塘和渠沟的那种亲切的魅力。那些水塘和渠沟是每隔一段距离才从石灰岩的地缝中出现的，人们觉得水在地下往四处渗透，随时准备出现在土地的低洼处。而这湖给人一种宏大与宽广的印象。

粼粼水波从远处招引来成群的海番鸭、白鹭、蒲鸡和白腹红翅的红鹳，它们为了捕鱼而在湖岸边列队，结果成了一道长长的行列，炫示羽毛缤纷的色彩。还有白鹮，真正来自埃及的白鹮，它们在灿烂的阳光和宁静的景色中悠然自得。事实上，我所在的地方只能听到湖水微微荡漾的声音和牧马人召唤四散在湖边的马儿的呼叫声。它们全都有响亮的名字："西飞！……（吕西飞）……雷斯泰洛！……雷斯杜尔奈洛！……"每头牲口一听见呼唤自己的名字，就长鬃迎风，飞驰而来吃牧马人手中的燕麦……

稍远处，同样是在湖边，有一大群牛像马一样悠闲自得。有时候，从一簇柽柳的树梢上，我可望见弯曲的牛脊和交错挺立的小牛角。卡马尔格大部分地区的牛都是为了节日里村庄的赛牛而饲养的。其中有些已在普罗旺斯和朗格多克地区的所有竞技场上赫赫有名。邻近的牛群中有一头牛是令人望而生畏的斗士，名叫罗曼，我已不知道它在阿尔勒、尼姆和达拉斯贡捅破了多少人和马的肚皮了。因此，它的伙伴们都把它当成头头，因为在这些奇特的牲畜群里，牲畜都是自己管理自己的。它们聚集在一头老公牛周围，把它作为领袖。当飓风袭击卡马尔格，在这广袤的平原上肆虐，而那里又没有任何东西可以摆脱和阻止它，就会看到畜群紧紧地跟在领袖身后，全部牛头都低着，把集聚着全身力量的宽阔额头转往风暴刮来的方向。我们普罗旺斯的牧人把这种手段叫作"转过牛角顶着风"。不能适应这种手段的牲畜群就要遭到不幸！雨水迷糊了眼睛，身体被飓风卷起，混乱的畜群自相践踏，惊慌失措，四分五散。而一些晕头转向的牛为了躲避暴风雨跑到领袖们的前面，结果都冲进罗讷河，掉进瓦卡雷斯湖或大海里去了。

怀念营房

Nostalgies de caserne

啊！巴黎！……巴黎！……永远难以忘怀的巴黎！

今天早晨，曙光初照的时候，一阵可怕的鼓声把我突然惊醒……朗——卜朗——卜朗！……朗——卜朗——卜朗！……

这时刻在我的松林里居然会有鼓声！……啊！这可是奇特的事！

快，快，我从床上一跃下了地，跑去把门打开。

没有一个人影！鼓声戛然而止……从露水沾湿的野草丛中惊飞起两三只拍打着翅膀的杓鹬……树林里有轻风掠过……向东望去，在精美的阿尔比勒山脊上结聚起一团金色烟云，太阳正从中缓缓升起……第一缕阳光擦着了磨坊的屋顶。就在此时，那看不见的鼓又在田野的树荫下响了起来……朗——卜朗——卜朗！……朗——卜朗，卜朗！……

魔鬼也得披张驴皮呀！我早就对它不介意了。然而说到底，是哪路野鬼带着鼓钻到树林深处去迎候朝霞呢？……我

再细看也没有结果，还是什么都没看见……除了一丛丛薰衣草和一直延伸到山下大道的松树林，什么也没有……也许在那边的矮树丛中，一个隐藏着的小淘气正跟我开玩笑呢……也许是阿里埃尔，或者是皮克师傅。这个怪家伙在经过我磨坊前时可能想："这个巴黎佬在里面太安静了，给他来段晨曲吧。"

他这么想，于是就带上一面大鼓，来……朗——卜朗——卜朗！……朗——卜朗——卜朗！……你自己挤奶去吧，皮克你这坏坯子！你把我的知了都吵醒了。

可这不是皮克。

他是外号叫"比斯托莱"的古热·弗朗索瓦，三十一步兵队的鼓手，目前正在六个月的值勤休假期间。比斯托莱对自己的故乡感到厌烦了，想念起营房来。当有人把市镇所有的乐器，这面鼓借给他时，他就带着它伤感地走进了树林，一面敲，一面深情地想着欧仁亲王的营房。

今天，他来到我的绿色小松冈上，抒发着自己的思念之情……他在那里，背靠一棵松树站着，双腿夹鼓，忘情地擂着……惊起的小山鹑从他脚下飞过，他也丝毫没有觉察。山花在他四周散发出清香，他也没有闻到。

他还没有看见阳光下在枝叶间抖动的精致的蜘蛛网,也没有看溅落在他鼓面上的松针。他全身心地沉浸在幻想与乐声中,深情地注视着鼓槌的飞舞。他憨态十足的大脸随着每一记鼓槌的起落而心花怒放。

朗——卜朗——卜朗!朗——卜朗——卜朗!……

"那座大营房多么漂亮啊!有宽大石板铺地的院子、排列整齐的窗户,大家都戴着军便帽,低矮的拱廊下充满了军用饭盒的撞击声!……"

朗——卜朗——卜朗!朗——卜朗——卜朗!……

"噢!格格作响的楼梯,刷着石灰粉的走廊,同室士兵伙伴们身上的气味,擦得金光锃亮的武装带,切面包板、放鞋油的铺子,铺着灰色被单的小铁床,在枪架上闪闪发光的步枪!"

朗——卜朗——卜朗!朗——卜朗——卜朗!……

"噢,在警卫队的那些好日子,捏在手指间的纸牌,难看得要死的用羽毛装饰的黑桃王后,乱扔在行军床上的残缺不全的皮戈·勒布伦的旧书!……"

朗——卜朗——卜朗!朗——卜朗——卜朗!……

"噢!那些在各部门前站岗的难熬长夜,雨飘进破旧的岗亭,脚冷得很!……寻欢作乐的马车经过时溅你一身泥浆!……噢!额外的勤务,关禁闭的日子,发臭的马桶,木板枕头,雨天早晨的冷酷的起床号,掌灯时分浓雾中的归营号，气喘吁吁地赶到的晚点名！"

朗——卜朗——卜朗！朗——卜朗——卜朗！……

"噢！万森森林公园，白棉毛手套，在堡垒上的散步……噢！军校的栅栏，马尔斯沙龙的学生，追逐士兵的姑娘们，低级咖啡馆的苦艾酒，两次打嗝中间的隐情，出鞘的短马刀，用一只手按在胸前唱出来的伤感情歌！……"

幻想吧，幻想吧，可怜的男人！我是绝不妨碍你的……大胆地敲打你的鼓吧，左右臂轮流地敲吧。我没有权利来看你的笑话。

如果说你怀念你的营房，难道我就不怀念我的营地吗？

在这里，我的巴黎也使我魂牵梦萦，如同你的巴黎。你在松林下擂鼓；我在这里誊写文稿……啊！我们都已成了善良的普罗旺斯人了！在巴黎的旧营房里，我们惋惜没有青翠的阿尔比勒山和野薰衣草的芳香；现在，在普罗旺斯平原，我们想念营房，一切有关它的回忆对于我们都是珍贵万分！……

村子里的钟响了八下。比斯托莱仍未放下鼓槌，但已走上回家的路……听得见他已走下了松树林的山冈，鼓声依稀不断……而我躺在草丛中，思乡之病悠然而起，我觉得从逐渐远去的鼓声里看见了我的整个巴黎如一幅幅图画连续地显现在松林之间……

啊！巴黎！……巴黎！……永远难以忘怀的巴黎！

如果说你怀念你的营房,难道我就不怀念我的营地吗?

都德年表

父亲的工厂经营不善关停,全家迁居至里昂。

1849年,9岁

1840年5月13日

阿尔封斯·都德出生于法国普罗旺斯地区尼姆的一个没落的丝绸商家庭,兄弟三人中排行最小,在法南风景如画的乡间度过幸福的童年岁月。

1855年,15岁

家中破产,不得不辍学自谋生计,在阿尔勒学校(Collège d'Alès)打工,困窘度日。

凭借第一部诗集《女恋人》（Les Amoureuses），在文坛初露头角。开始出入巴黎上流社会的文学沙龙。

1858年，18岁

1857年，17岁

孤身远走他乡，乘火车去巴黎投奔哥哥欧内斯特（Ernest Daudet），在哥哥的帮助下从事文学创作，同时为报纸撰稿。

1861年，21岁

在国会主席办公室为莫尼公爵（Duc de Morny）担任秘书。其后四年间由于健康原因，多次前往法国南部地区疗养，游历阿尔及利亚、科西嘉、普罗旺斯等地，积累了丰厚的创作素材。

辞去职务，专事写作。再次回到普罗旺斯，开始以故乡的风土人情为题材创作《磨坊信札》(Lettres de mon moulin)，次年发表部分篇章，受到读者的热烈好评。

1865年，25岁

发表半自传体长篇小说《小东西》(Le Petit Chose)，被誉为"法国的狄更斯"。

1868年，28岁

1867年，27岁

与茱莉亚·阿拉(Julia Allard)结婚。

普法战争爆发后都德自愿入伍，为保卫祖国战斗。后以战争为背景创作出《最后一课》《柏林之围》等脍炙人口的爱国主义短篇小说。

1870年，30岁

1869年，29岁

《磨坊信札》单行本正式出版，委婉优美的风格奠定了都德的文学地位。

1872年，32岁

发表长篇小说《达拉斯贡的达达兰》(Tartarin de Tarascon)。发表剧本《阿尔勒姑娘》(L'Arlésienne)，剧本由著名音乐家比才作曲并上演。

与福楼拜、左拉、莫泊桑、屠格涅夫四位文学巨匠定期聚餐畅谈文学,时称"五人聚餐会"。发表长篇小说《小弗罗蒙与大里斯莱》(Fromont jeune et Risler ainê)。

发表长篇小说《富豪》(Le Nabab)。

1874年,34岁

1877年,37岁

1873年,33岁

1876年,36岁

发表短篇小说集《星期一故事集》(Contes du lundi)。

发表长篇小说《杰克》(Jack)。

发表长篇小说《不朽者》（L'Immortel）、回忆录《巴黎三十年》（Trente ans de Paris）。

1888年，48岁

1884年，44岁
发表长篇小说《萨福》（Sapho）。

1897年，12月16日

都德因病逝世，享年57岁。葬于巴黎拉雪兹神父公墓。

译后记

与广大的读者一样，早在少年时代我就熟悉了法国著名作家阿尔封斯·都德这个名字。他的代表作之一，堪称世界短篇小说经典的《最后一课》，以其强烈的爱国主义精神和动人心弦的艺术感染力的完美结合而入选各国中小学的语文教材，几近家喻户晓。我就是从课本上先认识这位作家，并由此而开始喜爱法国文学以至入行的。

最先发表于1866年的《磨坊信札》，是都德的成名之作，并一举奠定了他在十九世纪法国文坛的地位。这本集子有些人称其为小说,而更多的人把它归入散文。我倾向于后者。虽然书中有些传说、故事,但作者以充满诗情画意的笔调去描绘普罗旺斯地区的人情风物,其魅力远远超出了故事情节的本身,其艺术手法更贴近于含义广阔的散文。

《磨坊信札》的内容大体可分为几个方面。

首先,是对普罗旺斯地区自然风光的描写。作者以细腻的笔触向读者展现了法国南方的松林、草地、大海、河谷、山坡、阳光、繁星……但这些自然风光不是一幅幅静态的水彩画,而是伴随着鸟语、花香、云的翻腾、风的吹拂、星星的闪烁、海涛的怒吼、悠扬的铃声……使读者亲临一个迷人的三维空间,沐浴在普罗旺斯独特的温暖之中。

其次,《磨坊信札》充满了对普罗旺斯人民的深切情感。作者笔下的小磨坊主、牧人、农民、渔夫、灯塔看守员甚至孤独的老者等等无不坦率地表现出自己的喜怒哀乐,让读者体会到那充满阳光的地中海岸不仅景色旖旎,而且民心淳朴。

《磨坊信札》的另一个内容就是无情嘲讽一切虚伪和落后的事物,其中以教会人士尤甚。那些做弥撒时边念祷词边想着吃喝或千方百计借机酗酒敛财的神甫们丑态百出，折射出资产阶级社会中的阴暗一面。都德自己曾经说过："有两个普罗旺斯——资产者的和农民的。前者荒唐可笑，后者雄伟壮丽。"

《磨坊信札》一问世就获得好评，它的成功不是偶然的。都德对普罗旺斯地区的风土人情所作的天才横溢的描述来源于生活。他在1840年出生于该地区的尼姆市，幼年曾被寄养在农民家里，学会了普罗旺斯方言。虽然他成年后移居巴黎，但仍有多次机会重游故乡。他在1862年末至1864年春赴科西嘉岛的旅行和在罗讷河口省小城封维埃侬的居留，为他创作《磨坊信札》作了重要的准备。尤其值得一提的是，都德在开始自己的文学生涯不久，即结识了毕生致力于普罗旺斯方言文学，并因此而荣获1904年诺贝尔文学奖的诗人米斯特拉尔，这对本书的创作意图无疑具有极大影响。

都德青年时代因父亲破产，家境贫困而饱受社会歧视与伤害，所以他极为多愁善感，对于受迫害与受凌辱者的同情跃然纸上。同时，与自然主义大师左拉、龚古尔兄弟等人的密切来往（他是著名的"五人聚餐会"的成员）与对他们的美学原则的崇尚也影响了他的艺术风格。《磨坊信札》中屡屡展露出对细节的准确而缜密的描写，有时达到了文献记录般的真实地步。尽管如此，都德的作品洋溢着浓郁的现实主义气息和丰富的想象力，与典型的自然主义作家们有很明显的差别。因此，许多文学史家都把他视为十九世纪下半叶法国作家中的独特现象。

《磨坊信札》采用了书简形式，如同知心朋友之间的促膝谈心，亲切自然，没有丝毫矫揉造作。文字清淡幽默，委婉曲折，富有暗示性。这一组在普罗旺斯乡野上发出的信稿，明确显示出作者虽远离繁华的巴黎，但并未远离时代的现实生活。作为一个有良知的文学家，他那"虽身入乡野而心未出尘世"的情感令读者无不为之怦然心动。

《磨坊信札》的语体形式也是独具魅力的。作者基本上用第一人称来夹叙夹议，行文舒展平和，极为自然流畅。读者既可以把文稿内容看成是作者寄给收信人的私人信件，自己站在第三者的立场上来欣赏；也可以把它看成是作者寄给读者本人的信件，自己直接参与同作者的交流。其间没有任何明显的沟界。然而有时候，作者突然改用第二人称或第三人称来叙述，使整部作品变得更加错落有致。这种艺术手法在当代看来并不鲜见，但在十九世纪的中叶都德就已使用这种人称切换，不得不令人叹服他在艺术创新上的探索勇气。

阿尔封斯·都德是位多产的作家。他1840年出生，1897年逝世。在不算太长的五十七年生命中，他为世界文学宝库留下了大量的遗产。早期创作中，除了《磨坊信札》，他还写过报纸专栏评论，出版了诗集《女恋人》(1858)、剧本《白康乃馨》(1867)、《莉丝·塔韦尼埃》(1869) 和1868年问世的长篇小说《小东西》，后者使他获得了更高的文坛声誉。

1870年普法战争爆发后，都德应征入伍。由于参战有功，他曾获荣誉勋位勋章。同时，饱满的爱国主义激情又使他创作出以普法战争和巴黎公社为背景的短篇小说集《星期一故事集》(1873)。十九世纪七十年代起，都德进入了他文学事业的新时期。他相继发表了剧本《阿尔勒姑娘》(1872，由著名音乐家比才作曲)、长篇小说三部曲《达拉斯贡的达达兰》(1872、1885、1890)、《小弗罗蒙与大里斯莱》

(1874)、《杰克》(1876)、《富豪》(1877)、《萨福》(1884)、《不朽者》(1888) 及回忆录《巴黎三十年》等。其中大部分都已有汉语译本，并在我国拥有众多读者。

1897 年，都德在受了长达十三年的疾病折磨后在巴黎逝世。

《磨坊信札》自问世以来，在法国和国际上都是畅销的读物。特别值得一提的是，1988 年，由法国电视二台著名书评主持人贝尔纳·比伏推荐的"理想藏书"中，在从全世界上下几千年浩如瀚海的名著里精选出的二千五百本书中，阿尔封斯·都德竟有《磨坊信札》、《小东西》和《达拉斯贡的达达兰》三部入选。除了雨果、巴尔扎克、斯丹达尔、福楼拜、莫泊桑、左拉等十九世纪法国文坛泰斗外，连梅里美、缪塞、大小仲马都只能入选两部。虽然该书目不一定完全符合其他国家的实际情况，但作为法国的书评家，相信他所推荐的本国作品还是具有权威性的。

《磨坊信札》的入选从一个侧面证实了它的价值。当然，由于拙译水平有限，未能尽显原作神韵之处，还请读者与方家批评指教。

此刻，当我校毕《磨坊信札》最后一句时，夜空里正是月到中天。马路上传来的隆隆车声与灿烂灯火把我的思绪从遥远的时间与空间中——一个半世纪前的法国普罗旺斯地区——拉回到现实里来。虽然当代生活朝气勃勃、日新月异,但它高效率、快节奏带来的喧哗和紧张,不能不使我对那秀丽的异域风情和古朴淳厚的民风怀有几分留恋。

何敬业

2021 年 6 月于上海

译者 | 何敬业

何敬业,浙江台州黄岩人,法语教授,资深翻译家,上海翻译家协会会员,上海作家协会会员。
曾任华东师范大学外语系副主任、巴黎第三大学自由研究员、法国敦刻尔克高等国际商学院客座教授。

长期从事外国语言(法语、俄语、越南语)、文学和文化的教学、研究及双语翻译工作。

出版多部法国语言文化专著,参编法语教科书、工具书二十多部。

经典代表译作有《磨坊信札》《贝姨》《花边女工》《狮王》《奇妙的生灵》等。2011年获"资深翻译家"荣誉称号。

著作

《世界文化史故事大系(法国卷)》(2003)
《法语动词变位完全手册》(2003)
《法国概况》(1999)
《越汉常用生活及商贸会话》(1995)(合编)

译作

《上海的法国文化地图》(汉译法,2010)(合译)
《亚马孙雨林——人间最后的伊甸园》(2001)
《磨坊信札》(2000)
《奇妙的生灵》(1998)(合译)
《狮王》(1996)
《贝姨》(1995)
《花边女工》(1984)(合译)

作家榜®经典名著

★★★★★★★★

读经典名著，认准作家榜

感谢您选择大星®文化出品的作家榜经典。

全新阅读品牌"作家榜®经典名著"，致力于为读者提供值得反复阅读和激发心灵成长的全球经典。自2017年诞生以来，策划了一本又一本经典畅销书。

作家榜经典名著系列，精选经典中的经典，由杰出诗人、作家、学者译注，凭借好译本、高颜值、优品质，在全国读者、各界名人、各大媒体中口碑相传，成为全网热销品牌。

越来越多有经验的爱书人，书架珍藏作家榜经典；越来越多的孩子们，因为作家榜经典爱上阅读。

经典就读作家榜
京东官方旗舰店

经典就读作家榜
当当官方旗舰店

经典就读作家榜
天猫官方旗舰店

经典就读作家榜
拼多多旗舰店

| 策　划 | 作家榜 |
| 出　品 | |

出品人	吴怀尧　周公度
	邵　飞　胡云剑
产品经理	朱坤荣
封面制作	林　青
内文插图	[罗马尼亚] Roma Gavrilă
美术编辑	陈　芮
图形设计	周悦欢
产品监制	陈　俊
特约印制	吴怀舜

投稿邮箱 | dxwh@zuojiabang.cn

渠道合作 | 021-60839180

官方微博 | @大星文化　@中国作家榜

作家榜官方网站 | www.zuojiabang.cn

作家榜官方微博 | @中国作家榜（每天都在免费送经典好书）

作家榜阅读APP | 免费下载·百人名著·随心畅读

下载作家榜APP
百大名著·随心畅读

百态人生
尽在故事会

作家榜官方微博
经典好书免费送

图书在版编目（CIP）数据

磨坊信札 /（法）阿尔封斯·都德著；何敬业译. — 杭州：浙江文艺出版社，2021.8
（作家榜经典名著）
ISBN 978-7-5339-6483-2

Ⅰ.①磨… Ⅱ.①阿…②何… Ⅲ.①随笔—作品集—法国—近代 Ⅳ.①I565.64

中国版本图书馆CIP数据核字（2021）第074844号

责任编辑：於国娟

作家榜®经典名著
读经典名著，认准作家榜

磨坊信札

［法］阿尔封斯·都德 著
何敬业 译

全案策划

大星（上海）文化传媒有限公司

出版发行

浙江文艺出版社 [www.zjwycbs.cn]
杭州市体育场路347号 邮编 310006
浙江省新华书店集团有限公司 经销
上海盛通时代印刷有限公司 印刷

2021年8月第1版 2021年8月第1次印刷
889毫米×1194毫米 32开本 11.375印张
印数：1—10000 字数：208千字
书号：ISBN 978-7-5339-6483-2
定价：49.80元

版权所有 侵权必究

（如有印装质量问题影响阅读，请联系021-60839180调换）